QINGFENG
SHIJI

清风诗集

时代出版传媒股份有限公司
安徽文艺出版社

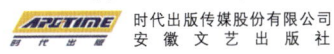

王家富 ◎ 著

王家富，安徽舒城人。1969年入伍，在部队服现役24年，历任文书、班长、司务长、干事、处长、军校政治部副主任等职。1993年转业地方工作，先后任合肥市经贸委副主任、党委书记，市工交工委副书记，市政府副秘书长等职。退休后学习写作格律诗，与诗友合著出版诗集多本。

QINGFENG
SHIJI

清风诗集

王家富 ◎ 著

时代出版传媒股份有限公司
安徽文艺出版社

图书在版编目（ＣＩＰ）数据

清风诗集/王家富著. —合肥：安徽文艺出版社，2020.12
ISBN 978-7-5396-7078-2

Ⅰ．①清… Ⅱ．①王… Ⅲ．①古体诗－诗集－中国－当代 Ⅳ．①I227.7

中国版本图书馆 CIP 数据核字(2020)第 209610 号

出　版　人：段晓静	
责任编辑：周　康	装帧设计：张诚鑫

出版发行：时代出版传媒股份有限公司　www.press-mart.com
　　　　　安徽文艺出版社　　www.awpub.com
地　　　址：合肥市翡翠路 1118 号　邮政编码：230071
营　销　部：(0551)63533889
印　　　制：安徽联众印刷有限公司　(0551)65661327

开本：880×1230　1/32　印张：12.25　字数：220 千字
版次：2020 年 12 月第 1 版　2020 年 12 月第 1 次印刷
定价：35.00 元

（如发现印装质量问题，影响阅读，请与出版社联系调换）
版权所有，侵权必究

序一

自然万物都是"脱俗"的

　　记得任继愈先生身边有个学生，因某种原因所学专业不得不由古典诗词转向明清小说。他去看望任先生，任先生特别强调，要他平时多读读唐诗宋词，这样便可以"去俗"。明清小说多写酒色财气，容易让人眷恋滚滚红尘，而诗词则以凝炼优美的意象将人带入玄远出尘的境界，所以是一个很好的"去俗"手段。宋朝诗人黄庭坚曾以"去俗"为终生追求，他对身边的人说："士生于世可以百为，唯不可俗。俗便不可医也。"有人问什么是不俗，他说："视其平居无异于俗人，临大节而不可夺，此不俗人也。"

　　我的学长家富先生有着长期的军旅生涯，后来转业到地方担任行政领导，一直主管经济工作，服务了众多的企业，培养了很多企业家。让我百思不解的是，这些企业家在他退休之后对他却越发崇敬，由衷地产生一种亲近感，这是为什么？近来读家富兄的诗作，猛然醒悟，原来是他"去俗"去得好。家富帮人是从来不图回报的，是完全无私的，是绝对纯粹的，所以这些企业家成功之后，哪怕是几亿、几十亿及至上百亿的身家，都会饮水思源，记得这位推动者。由此我又似乎醒悟到家富先生为什么喜欢做诗，无意间成了一位潇洒脱俗的诗人。

中国传统文化中，禅学力主"去俗"，它把功利目的称作"执着"，坚持以"破执"为己任。禅的口号是以"心"为本。"心"即"佛性"，被视为世界人生的创造者，也是解脱的主体和动因。这"心"影响到诗歌等文艺领域，成为艺术本体，称作性灵、灵感。禅学认为"心"和"佛性"是遍在的，蕴含于万事万物之中，所以"青青翠竹，尽是法身；郁郁黄花，无非般若"。由于"心"本体的使然，翠竹、黄花等自然万物都获得了形而上的意义，都成了"心"和"佛性"的显现，而整个世界也都成了人的自我意识的延伸。

在禅家和诗人的眼里，自然万物都是"脱俗"的。你看鸢飞鱼跃，花开草长，都是无目的、无意识的，何曾想博得人的青睐！而恰恰是这种无目的、无意识才能做到"无心合道"，从而和一种"大心"——即"宇宙之心"相契合。在这种美学思想的浸润下，中国的山水田园诗和山水花鸟画都格外发达。

我看家富兄的诗作，最大的特点也在于"不俗"，这说明他的文品和人品是一致的，没有分裂。不俗成就了他的一双慧眼，让他寄情于山水花鸟和日常生活的点点滴滴。司空图说"与道适往，著手成春"，家富兄将身边的花花草草信手拈来，无不成为意韵隽永的清词丽句。在他笔下，"春风携细雨，紫燕绕房梁""几多雨润草欢长，一缕云娇鸥远扬""雁鸣阵阵南飞去，郁郁菊花送暗香""喜鹊孤巢翻冻影，书生陋室咏残篇"。作为一名老兵，家富在诗中说："领章不褪鲜红色，钮扣尤有金质光""老来未减凌云志，国有召唤愿赴汤"。这种家国情怀，应当就是黄庭坚所说的"临大节而不可夺"吧。

在我看来，家富兄既是仁者，又是智者，此外还带有一些禅者的洒脱。前几年登华盖山时，我写过一首七律，是送给他的：

　　松风一路马奔腾，
　　遥看寒乌不日黔。
　　深秀溪山君自乐，
　　崎岖世道我独行。
　　石中取火思禅客，
　　忙里偷闲访野僧。

回首三川谁是主,
白云寺古竹青青。

面对白云寺的青青翠竹,俯看山下奔流不息的河水,我在想我什么时候能学到家富仁兄之万一呢?

何劲松
2020年5月20日于游心斋

(作者为中国社会科学院世界宗教研究所研究员,中国社会科学院研究生院博士生导师。)

序二

初心不改，方得始终

在当今社会怎么写古诗，这是个大问题，没有统一的规定，百家争鸣。我无意去另外建一个说法，因为根本没有能力。这里只是将和王家富老师、左其琨老师等前辈们的聊天做一个整理，权且作为读王家富老师诗词的感想。

《诗大序》曰："诗者，志之所之也，在心为志，发言为诗。情动于中而形于言，言之不足，故嗟叹之，嗟叹之不足，故咏歌之，永歌之不足，不知手之舞之足之蹈之也。"

当今社会许多人谈古典诗词一上来就要说格律呀、规则呀，凡评价一首诗词必然要比照唐诗宋词来判断优劣，至于古人说的诗言志言情的初心却忘记了。抒发真情，书写自心，从而以己情己志达到与人共鸣共通的境界，这是写诗词的目的、初心。先画许多格子，制定许多规矩，说什么不按照古人的样子就不是好诗，格律不对就不能称为传统诗歌，在我看来实际上都是对传统诗歌乃至传统文化的一知半解。古代诗歌艺术形式丰富，体裁多样，不仅仅有格律，还有古风，不仅仅有《诗经》，还有《楚辞》，还有词藻华丽的汉赋，等等。现代社会，全球一体，我们不仅仅要了解中国传统文化，还要吸收其他国家的优秀文化，如此吸收包容，"一以贯之"。如果一上来就把自己圈死、定住，不要说复兴传统，就是想让大众接受，都是很难的。我们必须破除"执一""唯一"的意识，百家齐放，百家争鸣。对于发自内心、抒写真情的诗词，没有必要强求按照统一的模子来框定评价。只有先肯定了诗词中的"初心"，才能够谈艺术技巧，而不是先以某一个朝代或者某个人作为标准。过去的经典不应该成为今天的规则，我们所要的是"得其意"，而绝不仅仅是形式上的模拟、剽窃、复古。

传承传统文化，应该从初心出发，鼓励每个人抒发真性情。画地为牢的做法有百害而无一利。老子说："一生二，二生三，三生万物""生而不有，为而不恃"。万物生长，在于其能自生。因其自生，故乾健不息。生生不息是因为"不有""不恃"。某些传统文化之所以衰败，有一个重要的原因就是"封建"，也就是"不化""恃""执一"。古代重农抑商，我们未能产生发达的商业。而儒家轻视科学技术，认为其是"雕虫小技"，未能产生发达的科学技术。文艺是引导人们思想的，必须超前和包容。绝不能以为某些人写诗时间长、名气大，作品有影响，就依他的话为准则、为唯一。古人说：圣人者，庶民也。庶民也，圣人也。君子之道，造端乎夫妇。从事文艺研究和文艺创作的初心是要有一颗正心，并且用正心书写吟唱，如此就可以真的开始谈复兴优秀传统文化了。

　　古代支道林写文章有许多错字，而且跳跃，很多人批评他，不理解他，甚至看不上他。但是谢安却说，因为支道林思想境界到最高了，这些文字工具就不用在意了。这就是古人说的"得兔忘蹄""得意忘形"。说的就是明白了说话者要表达的意思之后可以忘掉这些作为工具的文字，不能做死板固化的文字之徒。古人说只可意会，不可言传，说的就是这个境界，就是这个道理。我们看一个作品，先不要拿一个标准套，而应该看有没有表达真情，有没有书写真善美、鞭挞假丑恶。

　　改革开放就是要鼓励创新精神，兼容并包，打破一些落后的、不适应发展的条条框框，许多事要先行先试验的。文艺是先行者，就更要具备这种意识。古人诚意正心立身，最后能达到"参天地化育"，这也是我们现代人应该有的气魄。孟子说"先立乎其大",就是立一个和天地一体的心。张载说的"为天地立心"和王阳明说的"心学",都是立一颗初心、大心。立定了一个天地人合一的初心,达到至善的格局,一些限制发展、禁锢心灵、不符合现代社会的规则约束等等之"小格子"自然就"套不住""圈不了"这个初心以及用这个初心写的诗词文章了。

我啰里啰唆地讲了这么多,意思就是写文章要看初心。有了初心,诗词文章就有了文艺性,也拥有了传统文化的精华。

王家富老师的诗词干净纯洁,是因为家富老师有一颗不改的初心。古人说,初心不改,方得始终。这话说得很有道理。

李多善
2020年5月4日

(作者为《人民日报》新媒体艺术与生活在线编辑,北京师范大学博士)

序三

平生得失随风去

家富先生同我交往多年，我一直视其为最尊敬的长辈，由衷地崇敬他的人品修养，及其明德惟馨的风度。近来，听闻先生的诗集将要出版，特吐露些内心感悟，聊表对先生的敬爱之情。这些年来我屡屡拜读先生的诗作，越发觉得先生怀着一颗大爱之心来感悟人生，赞颂万物。宋代邵雍在《安乐窝》中言："万物有情皆可状。"而这四季的交替、万物的风貌已然体现在家富先生的诗句中，他曾作"春风携细雨，紫燕绕房梁"的初春光景，静观"夜半雨停风又起，云飞月走待天明"的夏夜风雨，忽见"白纱黑帐罩山峦，欲把秋光锁世间"的秋雾朦胧，而后最喜"雪浸梅花香"的寻梅访友之旅。诗已成为能言画，词已道出无限音，有"风摇树影月弹琴，夜静虫鸣天籁音"的月夜静思，有"夜霜犹放琼花蕊，湖水初凝白玉盘"的春寒料峭，有"开门放入酣酣日，举步迎来款款山"的雪霁山岚。这些让人不由得生出美景尽收眼底之感。

除了借诗抒情外，家富先生将世间事、心中志凝于笔尖。"喜鹊孤巢翻冻影，书生陋室咏残篇""莫问老夫何所梦，中华复兴翁安眠"。诗人怀揣对生活的无限热爱与关注，将日常的所思、所感化入诗句，并于日积月累中，养出了这浩然的诗心与情怀，像其诗句所云："茅屋贫寒可避雨，书斋浩瀚养诗心。"

我想这样的胸怀、气度应与家富先生早年的军旅生涯有所关联。他于一首诗中追忆了自己在青藏高原的艰苦历程："自我从军始，十年在高原。铁马担岁月，戍边华夏安。"面对青葱岁月，诗人的真情着实感人："生活虽枯燥，信仰度时艰""每岁十二月，半载雪封山""一旦车抛锚，露宿与风餐。几日无救援，饮雪也心甘。零下四十度，冰雪道路添。山高坡度大，命悬一线牵。高山尤缺氧，呼吸更困难。风沙常年有，时而伴沙眠。冬日最难熬，抱团驱严寒""每当忆往事，浮想又联翩。情深在军营，卫国心自宽"。可见诗人至诚的纯然报国之心。先生在2019年建军节当日亦有一首："每到八一情更长，梦回灯下试戎装。领章不褪鲜红色，钮扣尤存金质光。往日功名已淡忘，而今战友可安康？老来未减凌云志，只要有招愿赴汤。"在这苍茫岁月，繁华褪尽时，家富先生唯剩若水茗心的淡然与志坚。近些年来先生更有所感："年愈古稀无所求，人间世事胸中收。平生得失随风去，晚岁心宽自在游。"这份恬淡、开阔之境是岁月最好的沉淀。然而家富先生的胸怀不仅止于此，年愈古稀的他仍豪情不减，在农历正月十五上元佳节时，亦作："难得不眠夜，不醉莫相催。"此语道尽了他的自在与洒脱，也是其一生至情至性的展现。

家富先生将大半生都奉献给了祖国和人民，在其功成身退后，仍时时对此牵挂忧怀，情至浓时更是辗转难眠、夜不能寐。在庚子年全球疫情肆虐的非常时期，他创作了多首诗词寄托情怀，如一首为荆楚抗疫所作，其诗云："楚江泪，流满洞庭春。鬼啸狼嚎毒肆虐，风凄雨冷市封门。苦煞城乡人。"同时又为祖国的广大人民担忧："昔叹人生短，今愁毒疫殇。"然而，除愁苦、忧心的情怀外，诗人亦有坚定的意志和永不屈服的决心，相信在党中央的坚强领导和人民的团结努力下，一定能共克时艰，战胜此疫！所以，诗人方有"呼暖待花娇"之叹，唯愿"相逢别后久，共赏百花芳"。这道出了我的心声，本人也相信到时定会是一番好光景。

家富先生诗如其人，其自然流露的心声和情感如松如兰，在一吟一咏间难掩其明月襟怀。先生待人真挚，含章可贞，相信愈到古稀之时，诗词文章愈格调高远，洗练风华。

何月舟
2020 年 5 月 15 日

（作者为清华大学美术学院博士。）

目 录
CONTENTS

序一　自然万物都是"脱俗"的（何劲松）／001

序二　初心不改，方得始终（李多善）／005

序三　平生得失随风去（何月舟）／009

2017年度

游万佛湖／003

落叶／003

赴宴有感／004

春色／004

立夏随想／005

梅兰迎春／005

雨游黄山芙蓉谷／006

云雾芙蓉谷／006

贺本味私房菜开业／007

观荷／007

庐州荷花／008

雨中赏荷／008

路边粥店 / 009

酷暑 / 009

游埃及尼罗河有感 / 010

晨游巢湖 / 010

烈日 / 011

随感 / 011

晨游 / 012

会友 / 012

小院情思 / 013

雨后湖边游 / 013

闲步 / 014

母校行 / 014

故乡游 / 015

京城行有感 / 015

随记 / 016

喜见久雨初晴 / 016

雨后庐州 / 017

节日出游难有感 / 017

秋种抒怀 / 018

中秋望月 / 018

中秋夜漫步 / 019

双节会友人 / 020

十八赏月 / 021

秋雨感怀 / 021

秋怨 / 022

婺源抒怀 / 022

秋临朱子故乡 / 023

秋趣 / 024

婺源秋思 / 025

临饶河源湿地公园有感 / 026

白鹭欲飞图 / 026

篁岭村观感 / 027

游熹园有感 / 028

游紫蓬山有感 / 028

晨记 / 029

重阳随感 / 029

夕阳颂 / 030

乡思曲 / 031

重阳 / 032

楚都寿春游 / 033

追忆淮南王刘安 / 033

秋色 / 034

皖南游 / 035

赠老友 / 036

迎友归 / 037

皖南行 / 038

寒风吟 / 039

游凤阳 / 039

冬至思绪 / 040

偶感（一）／ 040

江南抒怀 / 041

申城行 / 042

偶感（二）／ 043

无题 / 044

公园信步 / 045

新年有感 / 046

2018 年度

元旦抒怀 / 049

贺新年 / 049

雪天抒怀 / 050

冬雪有感 / 050

雪景抒情 / 051

咏雪 / 051

雪咏 / 052

丁酉小寒有怀 / 053

雪后放歌 / 054

雪后闲游 / 054

小寒踏雪 / 055

雾中行 / 055

咏梅 / 056

大寒有感 / 056

烟湖 / 057

夜咏 / 057

瑞雪情 / 058

有感第二场雪 / 059

香飞雪 / 060

无题 / 060

踏雪吟 / 061

随感 / 061

雪后抒情 / 062

观月全食有感 / 062

立春随感 / 063

立春抒怀 / 063

除夕抒怀 / 064

雨水有感 / 064

红梅图赞 / 065

雨春 / 065

春日抒情／066

春信／066

春之咏／067

早春游望／068

巢湖畅想曲／069

春觉／070

惊蛰／070

咏春／071

春景／072

室兰／072

春寒／073

春满庐州／074

春潮／075

春勤／076

春色／076

庐州春天／077

老人谣／078

故乡情／079

清明有感兼悼尊兄长／080

清明／081

清明哀思／081

盼春／082

春意 / 082

庐州春貌 / 083

赏春 / 084

春满庐州 / 084

春兴 / 085

惜春 / 085

喜望 / 086

晨望 / 087

江城行 / 088

登临赭山有感 / 089

游春 / 089

芦苇 / 090

偶感 / 090

春眠 / 091

湖边游望 / 092

无题 / 093

蜀山雨中游 / 094

雨后晨练 / 095

星月会 / 096

春行西汤池(五首) / 097

春游汤池 / 099

笑对人生 / 100

颂公麟 / 101

夜宿万佛湖 / 102

游子吟 / 103

高原情 / 104

思友 / 105

立夏随想 / 105

情系高原 / 106

高原汽车兵赞 / 107

文翁颂 / 108

再游桃花潭 / 109

车行小川藏线 / 110

戏说宁国行 / 111

晨游桃花潭 / 112

梦回桃花潭 / 113

喜聚桃花潭 / 114

桃花潭抒怀 / 115

游桃花潭有感 / 116

初夏 / 117

晚情 / 117

榴花 / 118

纪念万佛湖建湖 60 周年 / 118

夏日随感 / 119

夏日山居 / 119

蘑菇 / 120

老至不知感怀 / 120

晨赏榴花 / 121

高考有感 / 121

人生历程感悟 / 122

咏梅 / 123

春游庐城 / 123

赞舒城土菜 / 124

微信抒怀 / 125

晨游龙眠山 / 126

晨游深山 / 126

朋友圈 / 127

端午感怀 / 128

偶感 / 129

庐州巨变随感 / 130

赏荷 / 131

梦回童年 / 132

儿时记忆 / 133

巢湖稻花香 / 134

夏日即兴 / 135

荷塘晨游 / 136

迎秋 / 136

秋日偶记 / 137

秋归 / 137

缅怀毛泽东 / 138

秋至 / 139

夜宿万佛湖 / 139

秋回故乡 / 140

秋居山村 / 141

秋见彩虹 / 142

秋日偶感 / 142

桂月秋雨 / 143

秋声 / 143

中秋宴感怀 / 144

忆战友 / 144

中秋有感 / 145

国庆抒怀 / 145

闲居 / 146

秋景 / 147

山村秋色 / 147

桂月赏花 / 148

寿芝堂欢宴 / 149

重阳有感 / 150

舒怡大酒店欢宴并赠劲松贤弟 / 151

雨天赖床记 / 152

山村暮秋图 / 152

观曾侯乙暮葬有感 / 153

日暮游东湖 / 154

珞珈山抒怀 / 155

游黄鹤楼有感 / 156

有感鸿雁越冬 / 157

人生旅望 / 158

秋赏红枫随笔 / 159

红枫赞 / 159

秋冬之交感怀 / 160

枫叶红时好赏秋 / 160

秋游 / 161

四季人生 / 161

退身闲吟 / 162

自画像 / 163

偶吟 / 165

珍惜人生 / 165

心宽自乐 / 166

高原情 / 167

冬行池州 / 169

杏花村里有酒家 / 170

改革开放 40 年感怀 / 171

暮咏 / 172

寒冬有情 / 173

晨吟 / 174

参观杭埠华厦幸福公司有感 / 175

久逢 / 176

偶得 / 177

随记 / 177

冬雪夜眠 / 178

初冬闲吟 / 179

夜归 / 180

咏落叶 / 181

冬寒偶吟 / 182

冬夜 / 183

雪夜闲吟 / 184

夜雪 / 185

夜感第一场雪 / 186

初雪感怀 / 187

飞雪 / 188

2019 年度

雪天抒怀／191

冬雪吟／191

冬游巢湖／192

深山赏兰／192

室兰／193

偶记／193

冬阳感怀／194

冬韵／194

除夕感怀／195

己亥年新春天降瑞雪有怀并赠劲松贤弟／196

踏雪寻梅有感并赠劲松国侠夫妇／196

瑞雪迎春／197

梦雪／197

元宵夜／198

元夜／199

早春访梅／199

二月春色／200

春早／201

雨后赏春／202

梅妆春色／202

梅韵／203

雾中赏梅 / 203

惊蛰夜 / 204

踏青访梅 / 205

访梅 / 206

春游万佛山 / 207

春吻万佛山 / 208

春到万佛山 / 209

春归 / 210

清明追思 / 210

晨练有感 / 211

镜湖柳思 / 211

桃月偶感 / 212

五一欢歌 / 212

五四抒怀 / 213

湖边晨练 / 213

端午抒怀 / 214

观荷 / 214

夜思 / 215

夏雨 / 215

陪友访紫蓬山西庐寺有感 / 216

温泉 / 216

小塘赏荷 / 217

夏日瞬变 / 217

咏荷 / 218

夏荷 / 219

重逢 / 220

游松花湖有感 / 221

战友同游松花湖抒怀 / 222

大庆油田抒怀 / 223

油田颂 / 224

夏夜 / 224

松花江夜 / 225

八一颂 / 226

庆八一 / 227

又逢八一 / 228

暴雨 / 229

高歌新时代 / 230

中秋闲吟 / 231

秋韵 / 231

次瑞波兄韵 / 232

重阳感怀 / 232

秋咏(八首) / 233

小洞天感怀 / 236

秋之韵 / 236

晚秋 / 237

晨起 / 237

山村晚秋图 / 238

闲吟 / 239

应变 / 240

夜空 / 241

冬吟 / 242

淡泊人生 / 243

劝学 / 244

冬日偶吟 / 245

庭院风光 / 246

知老自得吟 / 247

晚岁抒怀 / 248

冬日偶得 / 249

寒意 / 250

晨吟 / 251

冬夜 / 252

2020 年度

夜思 / 255

新年有感 / 256

众志成城战魔顽 / 257

军民同心抗毒疫 / 258

灾年探亲记 / 258

咏竹 / 260

防疫抒怀 / 261

送瘟神 / 262

报喜鸟 / 262

春日战毒疫 / 263

庚子春咏（五首）/ 264

上元夜思 / 266

卜算子·元宵（二首）/ 267

清平乐·战疫情（二首）/ 269

庚子春疫 / 271

感庚子春疫 / 272

致敬妇女节 / 273

赏竹 / 274

宅家思绪 / 275

致敬快递小哥 / 276

往事如烟 / 277

花开疫散 / 278

哀思 / 279

忆江南·荆楚抗疫抒怀（四首）/ 280

蜀山即景 / 282

庚子首剃头 / 282

问春 / 283

宅室首出踏青图 / 283

疫后春光 / 284

落红如常 / 284

上巳日闲吟 / 285

上巳日感怀 / 285

东风送雨 / 286

夜雨感吟 / 286

感疫情渐消 / 287

晨访桃林 / 288

科大校园樱花观感 / 288

庚子清明感吟 / 289

清明祭祖 / 290

援鄂医护人员凯旋感吟 / 291

援鄂医护凯旋别江城有感 / 292

礼花赞 / 293

翁吟曲 / 294

初夏 / 295

疫后巢湖游闲吟 / 296

鸟鸣报疫消 / 297

国色花香 / 297

榴月感吟 / 298

红五月闲吟 / 299

山居感吟 / 300

心声 / 300

乡忆 / 301

人生感吟 / 302

人生回望 / 303

贺六一 / 304

六一感怀 / 305

儿童节抒怀 / 306

夜望 / 307

晨声 / 307

雨路行车感吟 / 308

参观高炉酒厂感吟 / 308

老乐吟 / 309

忆慈父 / 310

感悟人生 / 311

人生感吟 / 312

建党感吟 / 313

七一感吟 / 314

小暑 / 315

夏日赏荷 / 316

访荷感吟 / 317

战友情 / 318

忆战友 / 319

知足心宽 / 319

苦夏闲吟 / 320

心态闲吟 / 321

庐城暴雨感吟 / 322

荷塘感赋 / 324

荷塘闲吟 / 325

雨后观荷 / 326

闲吟 / 327

试和德福贤弟七绝《咏故乡美景》/ 328

诗意人生 / 328

浅秋 / 329

巢湖荡舟感吟 / 330

鼠年秋游抒怀 / 331

白露 / 332

金秋 / 332

村游 / 333

秋游黄山有感 / 333

暮游黄山虎林园 / 334

秋到黄山抒怀 / 335

秋日黄山游抒怀(外一首) / 336

我爱我家 / 337

江城子·感秋 / 338

鼠年中秋感吟 / 339

山村秋收 / 340

山村秋行 / 341

晚晴 / 342

人生偶得 / 343

老年闲吟 / 344

秋收 / 344

参访秦森园林公司感吟 / 345

上海访友闲吟 / 346

久别重逢感吟 / 347

致敬王仁和米线 / 348

冷秋 / 349

霜降抒怀 / 350

重阳登山闲吟 / 351

贺安徽女企业家商会成立 / 352

落叶吟 / 353

江城子·吟秋 / 354

后记 / 355

2017 年度

游万佛湖

雨后门前山更绿,
花开湖畔阳春明。
闲来湖上一杯酒,
常忆儿时乡土情。

落　　叶

魂牵枯树要分离,
梦绕青枝难再依。
晓露无情伤岁月,
晚风有意卷东西。

赴宴有感

年事虽高心不老，
日常赴宴也较少。
寿高百岁非奇事，
只要天天心态好。

春　　色

二月柳枝发嫩芽，
春风得意三月花。
吾观春色心湖动，
万物复苏迎朝霞。

立夏随想

残红褪去绿荫成,
三两早莺叶底鸣。
家燕昨来今又去,
窗纱透进草虫声。

梅兰迎春

雅爱梅兰傲雪寒,
意中兰蕙兴更阑。
春风伴寝花迷我,
梅蕊兰香欲醉欢。

雨游黄山芙蓉谷

烟雨绵绵雾锁松,
重峦叠障万千重。
谁知仙女梳妆处?
尽在芙蓉沟谷中。

云雾芙蓉谷

云雾护持百丈松,
群山缥缈万千重。
芙蓉谷妙深绝处,
可有仙家理玉容?

贺本味私房菜开业

餐饮当今求本味,
佳肴鲜美乐心怀。
真诚服务细周到,
价位适中迎客来。

观　　荷

雨轻水满荷花香,
引得蜂蝶格外忙。
老朽欣然来赏荷,
藕塘又换绿军装。

庐州荷花

又到碧莲六月中,
江淮风景略相同。
荷花未必西湖好,
花绽庐州别样红。

雨中赏荷

荷塘花正开,
看醉岸边人。
风起扬波浪,
雨滴落厄亲。

路边粥店

夫妻开粥店,
简陋又寒酸。
服务态度好,
价廉品种全。
有客门口坐,
微风轻拂面。
热粥暖肠胃,
坐井又观天。

酷　暑

烈日炎炎似火烧,
大街小巷全烧焦。
行人路上汗泉涌,
喝碗清茶热渐消。

游埃及尼罗河有感

尼罗河畔金沙山,
落日余晖霞满天。
荡漾碧波千艇过,
微风拂面伴君还。

晨游巢湖

芦苇亭亭迎早霞,
一轮红日破雾纱。
风催湖水波涛涌,
草长莺飞四季花。

烈　日

烈日当空照，
兰舟临水摇。
远山形可廓，
荡漾此心潮。

随　感

列队雏鸭戏耍处，
明霞倒映水连天。
虫鸣鸟叫任由我，
闲数白鸥舞翩跹。

晨　　游

清秋夜雨朝来收,
爽爽微风伴我游。
何意鹭鸶惊跃起,
一飞一旋一回头。

会　　友

千里之行赴燕京,
兴高宴乐会群英。
知音不尽嫌樽浅,
金缕未央恨漏更。

小院情思

小院菜鲜非我栽,
养心养眼舒襟怀。
采尝一口神气爽,
一日三餐脾味开。

雨后湖边游

风回云断雨渐停,
信步湖边独自行。
举目群山浮翠盖,
晨游又获好心情。

闲　　步

且走且停闲客心，
独来独往助吾吟。
无风最爱湖边柳，
享此长条前栽荫。

母　校　行

金秋回故里，
重访读书轩。
观景忆前事，
书香犹在园！

故 乡 游

雨停秋色浓,
山映湖光中。
松竹欲滴翠,
云舒水相溶。

京城行有感

乌雨蒙蒙阴雾沉,
吾同老友燕京行。
抬头举目临窗暗,
何日还吾天放晴。

随　记

生不练功不坐禅，
闲时捧卷在桌边。
欢谈遇友时觉趣，
不是神仙赛神仙。

喜见久雨初晴

秋雨无踪见骄阳，
皖人顿感心情爽。
清风一阵生凉意，
金桂菊黄清未央。

雨后庐州

雨过乌云散,
晴空气象新。
庐州秋色美,
无处不精神。

2017.9.26

节日出游难有感

中秋逢国庆,
百姓出门游。
路上车如蚁,
景区人多愁。

2017.10.2

秋种抒怀

秋风秋雨秋耕忙,
节气催人天欲凉。
播下辛勤一粒种,
来春收获万斤粮。

2017. 10. 2

中秋望月

八月仲秋盼月明,
今秋望月暗幽幽。
嫦娥也作五湖游,
不见月儿亦清秋。

2017. 10. 4.

中秋夜漫步

天鹅湖畔绿荫掩,
小道静幽灯火明。
听得谁家思乡曲,
中秋月满人怀情。

2017.10.4

双节会友人

双节乘兴江南行,
风驰电掣金龙鸣。
绵绵细雨怀思远,
袅袅薄纱云雾轻。
景色宜人运藻文,
感灵触笔落银屏。
黄昏馆外新灯亮,
青眼门前故友迎。
换盏推杯忆往事,
说南道北议今生。
恰到中秋人尽好,
月明伴我赏三更。

2017.10.5

十八赏月

朦胧宁静夜澄清，
明月一轮景有声。
银汉华灯辉相映，
秋思无限满湖生。

2017. 10. 8

秋雨感怀

绵绵细雨助秋凉，
吾立阳台看远方。
黄叶感风落满地，
<u>丝丝</u>寒意添衣裳。

2017. 10. 12

秋　　怨

秋雨绵绵无尽期，
寒风习习欲侵体。
应邀乘兴江南去，
惹不起你躲得起。

2017.10.17

婺源抒怀

山清水碧小城幽，
各自风流入晚秋。
已是落花寒露节，
君到婺源解心愁。

2017.10.17

秋临朱子故乡

君到婺源雾茫茫，
清晨恬静秋叶黄。
白云朵朵尽如雪，
细雨绵绵不张狂。
树叶露凝珠万滴，
雁飞云霄字一行。
俊彦齐聚此圣地，
论道朱子短与长。

2017.10.18

秋　趣

姹紫嫣红古城翠，
谁言秋色无光辉。
鸿雁误为岭南地，
在此长鸣不远飞。

2017.10.18

婺源秋思

烟雾朦胧古城幽,
恰逢霜降凉飕飕。
鸟飞城外觅新处,
楼映河中倒影留。
风吹杨柳千条线,
雁过微云一行秋。
自古至今诗篇里,
秋思诉尽声声愁。

2017.10.18

临饶河源湿地公园有感

清江一曲绕城流,
傍水闲心处处悠。
幽径蜿蜒连酒店,
小船正钓满江秋。

2017. 10. 18

白鹭欲飞图

白鹭起飞欲远翔,
凌空又落生惆怅。
远方纵好非久地,
此处虽贫是故乡。

2017. 10. 20

篁岭村观感

婺源篁岭古徽村,
传统人文旧貌存。
曲水溪桥戏锦鲤,
斜街楼榭晒秋台。
群峦叠嶂千家翠,
菊绽门前万户馨。
美丽乡村堪样板,
闲云细雨皆多情。

2017.10.20

游熹园有感

古香古色小园林,
一代鸿儒生此间。
著述理学传庶子,
国人毁誉近千年。

2017.10.21 夜

游紫蓬山有感

淝上西南紫蓬山,
群山翠盖映眼帘。
游人古寺欣然近,
禅语半闻半是仙。

2017.10.24

晨 记

晨游湖畔凉寒重,
几片叶黄已是秋。
低首草丛霜带露,
抬头天际识归舟。

2017.10.24

夕 阳 颂

一湖秋水映白云,
户外悠闲眼更清。
举目苍穹弦月挂,
低头湖碧夕阳明。

2017.10.27

重阳随感

平平淡淡过重阳，
更感心湖格外凉。
独自闲行三万步，
采得茱萸一枝香。

2017.10.28

乡 思 曲

敝庐虽简有书香，
闲步平湖享安康。
读句吟诗表心意，
品茶论道话短长。
常邀流水对高山，
时聚友朋美味尝。
人过成年常忆旧，
辞别北国返故乡。

2017. 10. 29

重　阳

碧荫渐散欲秋黄，
雨霁初晴又重阳。
远眺湖边秋叶落，
近观陌上草凝霜。
黑发转瞬已霜白，
独傲菊花不改常。
信步蜀山登顶处，
极目庐州是故乡。

2017.10.29

楚都寿春游

古城寿县史悠久,
荟萃人文胜地游。
人杰楚都地亦灵,
古涵奇洞水无忧。

2017.10.29

追忆淮南王刘安

一代名侯淮南王,
聚贤好道后人夸。
淮南宏著留千世,
始制豆腐入万家。

2017.11.1

秋　　色

极目远方云雾蒙，
眼观近处绿草茵。
凝霜秋叶随风跑，
满地落花似黄金。

2017. 11. 16

皖 南 游

金叶红枫妆晚秋，
良朋好友皖南游。
远疏闹市得幽静，
近喜林泉亦清流。
信步乡间未感倦，
夕阳转瞬落西头。
酒家夜宿何处有，
遥指牧童无客愁。

2017.11.20

赠老友

年颜大体和君同,
眼未全花耳未聋。
酒醉难寻千里伴,
交心何必同床翁。
皖南秋赏最佳地,
玩水游山情更浓。
但愿身心归自我,
管他春夏与秋冬。

2017.11.23

迎 友 归

落日蜀山西，
半空映彩辉。
琉璃湖碧水，
舟载友人归。

2017.11.24

皖 南 行

皖南小雪似春天,
青绿一弯明秀山。
环绕乡村石板路,
水车闲转时时欢。
白墙黑瓦徽居室,
绿树清溪镶其间。
古井贡酒喝微醉,
黄梅好戏听犹酣。
丹枫饱饮争献媚,
紫雁群翔羡自闲。
劝友冬游皖南地,
海南犹似在眼前。

2017.11.27

寒风吟

浓雾锁城城欲灰,
寒风飕飕落叶飞。
湖边信步忆前事,
人似落叶何处归?

2017.11.29

游凤阳

一路平安到凤阳,
欣观花鼓戏家乡。
灾荒昔日连年苦,
康泰如今几多香。

2017.11.29

冬至思绪

冬阳倍觉暖,
叶落渐枝残。
虽感春风近,
还思入九寒。

2017.12.2

偶感(一)

捧卷翻诗偶独吟,
择寻好友议前人。
中华文化史悠久,
功伟几家能留名。

2017.12.7

江南抒怀

金龙载雾向东行,
黄浦水清迎客人。
吴尾楚头皆兄弟,
大城小镇亲为邻。

2017.12.7

申 城 行

大雪向东行,
雪无近沪城。
海风轻拂面,
晨露树上凝。
旅路车如蚁,
高宅耸入云。
申城人勤早,
虫鸟亦早鸣。

2017. 12. 9

偶感(二)

冬阳高照身觉暖,
待日春风勿忘寒。
冷眼人生逆顺境,
安然坐泰犹参禅。

2017.12.11

无　　题

往岁北风腊月寒，
今年晴暖似春天。
寒风凛冽难寻觅，
冬在将春现眼前。

2017.12.21

公园信步

北风拂面吹,
满地残红飞。
日洒眉梢叶,
行人忘却归。

2017.12.24

新年有感

稀里糊涂又一年,
镜照白发有新添。
名利是非身外事,
读书散步醉中仙。
饮食只需三餐饱,
生活莫要互相攀。
闲时捧卷偶拙吟,
释放心情好入眠。

2017.12.31

2018 年度

元旦抒怀

忙碌半生老乃还,
拙吟散步乐清闲。
三朋四友偶欢聚,
长夜青灯几卷翻。

2018 年元旦

贺 新 年

蜡梅独放冷香怜,
似是迎春送旧年。
祝愿亲朋日日好,
心花绽放天天妍。

2018 年元旦

雪天抒怀

夜半霜前冷,
天明雪后寒。
出门冻手脚,
卧室暖方闲。

2018.1.4

冬雪有感

昨暮飞花雪,
夜闻落物声。
掀帘晨起时,
满树梨花开。

2018.1.4

雪景抒情

风伴雪花漫舞天,
偶闻香气扑鼻来。
春来冬去声愈近,
喜看满枝琼花开。

2018.1.4

咏　　雪

六出飞花漫天舞,
晨观绿树变琼枝。
天播吉瑞丰年事,
春到万家寄联诗。

2018.1.4

雪　　咏

银装饰大地，
浓雾锁城乡。
松柏寒中立，
梅花浸雪香。

2018.1.6

丁酉小寒有怀

江淮忽大雪，
寒锁冰河封。
枝断不须看，
暖窗寒夜慵。
达晨除雪寂，
万径始行踪。
总有为丰年，
献劳甘为蜂。

2018.1.8

雪后放歌

银装裹大地,
气象一番新。
雪后天晴碧,
无人不精神。

2018.1.9

雪后闲游

冬阳雪后放晴艳,
今冬寒冷胜昔年。
添衣户外闲行去,
沐浴暖光空气鲜。

2018.1.11

小寒踏雪

放眼雪茫茫,
断枝遍地伤。
今年好大雪,
踏雪情飞扬。

2018.1.15

雾中行

浓雾锁城暗幽幽,
寒风拂面冷飕飕。
园中信步鸟清啼,
遥想故人情悠悠。

2018.1.18

咏　　梅

梅朵凝寒露，
报春第一枝。
佳人欲采摘，
凝注似寻思。

2018.1.18

大寒有感

稀里糊涂又一年，
徒增白发度暑寒。
释然一笑世间事，
过眼云烟值几钱？

2018.1.20

烟　湖

晨雾饰湖淡墨痕,
高楼若隐苍茫间。
静观湖面平波远,
心底无尘水连天。

2018.1.22

夜　咏

蜀山脚下气澄鲜,
新月银钩挂枝间。
山下万家闪灯火,
清光一湖映九天。

2018.1.23

瑞 雪 情

银装铺大地,
絮被润山川。
祥瑞当可期,
醒来是大年。

2018.1.25

有感第二场雪

大雪纷飞又一场,
江淮再现北风光。
鹅毛鹤絮临仙境,
玉树琼枝扮净妆。
梅艳只嫌春色晚,
兰花羞放清幽香。
十年此景所难见,
踏雪诗情兴未央。

2018.1.27

香 飞 雪

一树冷香湖畔开,
笑吟对客芳怡怀。
苦寒不厌自翩跹,
欢喜雪花扑面来。

2018.1.27

无 题

冬梅舞雪妍,
春早腊浸年。
旷野玉花翻,
冰结泪珠圆。

2018.1.27

踏 雪 吟

午宴人微醉,
出户雪将深。
消酒三千步,
凌寒更精神。

2018.1.27

随 感

寒伴严冬三两夜,
云牵浓雾两三天。
蜡梅映雪香幽远,
铺地银装人不前。

2018.1.28

雪后抒情

面迎风露眼前清,
雪映冬阳四季明。
喜见蓝天空气好,
欣观行者更精神。

2018. 1. 30

观月全食有感

奇观圆月欲全遮,
大地瞬间一片暗。
最大最红一刹那,
吞食月狗慢慢咽。

2018. 2. 1

立春随感

立春现暖阳,
冷气仍猖狂。
冬景虽离去,
春光还不强。

2018.2.4

立春抒怀

冬去春来在眼前,
老枝新露嫩芽鲜。
欣观花有重开日,
可叹人无再少年。

2018.2.6

除夕抒怀

早春二月仍觉寒，
冬去春来在眼前。
新雨声声除旧岁，
惠兰吐蕊迎新年。

2018. 2. 15

雨水有感

东风破冻携春雨，
布谷和鸣秀娉婷。
郊外桃花欲吐红，
溪边柳色枝微青。

2018. 2. 19

红梅图赞

万朵千枝一树红,
赏心悦目画廊中。
丹青夺目出谁手?
二月春风巧画工。

2018.2.24

雨　春

时续时停春雨勤,
日出日落气澄清。
声声惊雷拨云雾,
一树桃红分外明。

2018.3.1

春日抒情

或密或疏雨有情,
时飞时聚燕双行。
百花齐放扮春色,
绿树成荫百鸟鸣。

2018.3.2

春　　信

白日风吹柳,
暮来雨隐扉。
百花欲吐艳,
旷野已青衣。

2018.3.5

春 之 咏

人勤春更早，
惊蛰醒众生。
岸柳露新芽，
桃枝已发青。

2018.3.5

早春游望

湖畔晨游人，
喜观气象新。
风和水漪旋，
夜雨洗尘清。
朝雾映霞光，
春风转绿蘋。
忽闻莺鸟啼，
已觉是春声。

2018.3.5

巢湖畅想曲

巢湖水映天,
波撼庐州城。
六月蓝藻盛,
气熏湖边人。
世人多盼望,
不日水澄清。
待到异味除,
放飞好心情。

2018.3.7

春　觉

东风多有情，
夜雨细无声。
烂漫百花季，
满园都是春。

2018.3.10

惊　蛰

惊蛰时节万物春，
轻雷阵阵雨纷纷。
鸟叫虫鸣苏醒日，
山河放眼已花醺。

2018.3.10

咏　　春

岁除冬去尽，
春至物候新。
水暖鸭相戏，
风和燕对亲。
湖明金柳绿，
雨润浅波粼。
地气生发足，
时催草成茵。

2018.3.12

春　　景

风吹杨柳千条翠,
旷野得阳草木青。
春醒蛙鸣声一片,
枝发雀跃舞方馨。

2018.3.13

室　　兰

室内几盆兰,
迎春淡淡开。
不争脂粉色,
唯送暗香来。

2018.3.15

春　　寒

杨柳依依芽嫩鲜，
梅红褪去意阑珊。
时催万物新衣换，
一阵雨来又觉寒。

2018.3.18

春满庐州

烟云蜀山飘,
雨后庐城娇。
野鸭浮绿水,
黄雀栖枝条。
蛙惊鼓舌鸣,
虫醒不寂寥。
秀野展新颜,
芳洲满青苗。

2018.3.18

春　　潮

无限风光三月娇，
蜀山有道水云谣。
风输粉片妆梅朵，
雨送金丝饰柳条。
忽见野鸭浮绿水，
偶观燕阵翔云霄。
雨中青探尘洗净，
大好山河涌春潮。

2018.3.21

春　勤

乍暖还寒雨涟涟，
多花少翠已春天。
复苏万物催人奋，
惜寸光阴不觉眠。

2018.3.21

春　色

三月花虽开，
风寒细雨涟。
蛙鸣催柳绿，
春色在眼前。

2018.3.22

庐州春天

忽冷忽热春当家,
时穿大衣时穿纱。
庐州气候兼南北,
居住久长也不差。

2018.3.26

老 人 谣

春眠不觉晓,
日日在变老。
时时寻开心,
月月领社保。
公交免费乘,
高铁有空跑。
赋闲也领钱,
只需身体好。

2018.3.31

故 乡 情

远望山川翠,
近闻虫鸟鸣。
鱼从水底戏,
人在画中行。
日晚依山尽,
星繁伴月明。
夜深忆儿时,
满满故乡情。

2018.4.3

清明有感兼悼尊兄长

时节清明今又归，
怀人感物心如灰。
尊兄昨日驾鹤去，
蒿草来年满土堆。
摇曳云风窗外竹，
雨雪折残一树梅。
吾心壮志从中减，
似水年华不可回。

2018.4.5 泪作

清　明

梨花带雨正清明，
三两亲朋出北城。
日暮踏青多尽兴，
春光不负慰平生。

2018.4.5

清明哀思

春雨纷飞后辈泪，
梨花绽放情依依。
贤愚千载知谁是，
草长坟堆烧纸飞。

2018.4.5

盼　　春

送尽冬寒细雨飞，
一年一度春芳菲。
东风吹醒岸边柳，
白鹭飞来不思归。

2018.4.7

春　　意

冬去春来雨细微，
点红铺绿染芳菲。
河边翠柳条条嫩，
沙渚白鸥款款飞。

2018.4.8

庐州春貌

啾啾小鸟叫，
花儿点头笑。
旷野绿茵茵，
碧空艳阳照。
闲人独自游，
临水远方眺。
闹市有闲春，
庐城正年少。

2018.4.9

赏　　春

昨夜听春难入眠，
今晨闻鸟声一片。
湖边信步来回走，
柳绿花红气正鲜。

2018.4.10

春满庐州

波光碧水迎朝霞，
红日一轮破雾纱。
秀野有情花绽放，
春风得意三月花。

2018.4.11

春　兴

杨柳依依微雨晴,
繁花似锦满园春。
有心待得闲暇日,
宝马香车花看人。

2018.4.11

惜　春

春雨千丝昨夜吹,
落红万点满天飞。
风光易逝当珍重,
花意人情两不违。

2018.4.12

喜　望

临水观对岸，
高楼入云端。
杨柳抽嫩条，
已然是春天。

2018.4.13

晨　　望

昨夜浮尘雨洗清，
今朝旷野色分明。
青山遥望云中画，
碧水近瞧雾里屏。
燕雀枝头声嘹亮，
鸳鸯湖面秀温情。
随时花送清香味，
四处歌传晨练声。

2018.4.14

江 城 行

晨雾茫茫绕翠山，
嫣红姹紫四月天。
春江碧水奔腾激，
日暮江城起夕烟。
远望枝头黄雀叫，
偶观白鹭展翅闲。
微风细雨润草木，
酣酌月下夜无眠。

2018.4.15

登临赭山有感

赭山欲滴翠，
绿映大江边。
鸟瞰江城貌，
无处不江南。

2018.4.15

游　　春

旷野茵茵几处红，
蜂蝶戏戏花丛中。
为何立定春光前，
鸟语花香沉醉风。

2018.4.16

芦　苇

亭亭玉立岸边处，
碧碧青衣入眼中。
傲露凌霜英雄概，
虽贫无悔度春风。

2018.4.18

偶　感

翁家窗外花如锦，
新透几声鸟语亲。
立在阳台远方眺，
枝繁叶茂已仲春。

2018.4.19

春　　眠

欲睁欲闭难开眼,
享静享闲宜度年。
每至春眠不觉晓,
偶逢酒酣浑如仙。

2018.4.19

湖边游望

云淡风轻四月天，
嫣红姹紫满湖边。
澄空透日描青岫，
碧水犁波耕白帆。
黄鹂行春深树啭，
白鸥临夜浅滩闲。
此情不记难合眼，
月下斟酌久未眠。

2018.4.20

无　　题

小池虫鸟鸣，
屋静若为邻。
侧卧听风雨，
隔窗无星辰。
风来云欲散，
雨润草成茵。
晨起湖边走，
春光不负人。

2018.4.20

蜀山雨中游

细雨空山林绿荫，
微云轻抹丹青成。
潺潺泉响作轻曲，
阵阵蛙鸣道春声。

2018.4.21

雨后晨练

雨后天初晴,
湖边灏气清。
枝头雀在叫,
水底蛙时鸣。
草木欣欣意,
霞光伴吾行。
三千健步走,
岁岁体康宁。

2018.4.24

星 月 会

　　戊戌暮春夜,新月高挂,繁星闪烁,好一派星月大家庭聚会景象。时过五更,宴散曲终,期待黎明,喜迎新的一天红日升起。遂成小诗一首以记之。

　　待月高空挂,
　　繁星聚一家。
　　牛郎邀织女,
　　携手迎朝霞。

2018.4.26

春行西汤池(五首)

戊戌仲春应友之约赴老家舒城西汤池探春。汤池古镇,温泉之乡,万佛湖水碧波万顷,龙眠群山峰峦叠嶂,泉水叮咚,山溪径流,绿树成荫,鸟语花香,俨然若画。登山临水,心旷神怡,恍然若仙,归来多日小诗以记履踪也。

其一

汤池城外碧山翠,
涧水潺潺复向西。
芳树游人融美景,
春山一路鸟鸣啼。

其二

新雨苍山翠映红,
淡云薄雾伴春风。
龙眠不尽溪长流,
游客四方醉此中。

其三

龙眠万岁未醒来,
烂漫山花竞相开。
隐士公麟居此处,
挥毫数载终夺魁。

其四

月落星稀天欲明,
青青杨柳湖水平。
远山如乐高低起,
忽忆周郎顾曲筝。

其五

万佛湖畔群山绿,
三月烟波天更明。
湖上闲来游乐兴,
人间有味是乡情。

2018.4.27

春游汤池

春到汤池古镇行,
群山雨后更清明。
烟波色碧水天阔,
杨柳芽黄云雾轻。
凝视峰峦忆往事,
一杯老酒对疏星。
乡愁自古谁无有,
不亚周郎①小乔情。

2018.4.28

①周郎,即三国名将周瑜;小乔,周瑜夫人。两人籍贯均为皖舒城。

笑对人生

去年栽树在春天,
今日花开已一年。
年岁时时快似跑,
体格秒秒不如前。
人生短暂不可逆,
盛世可珍福享全。
但愿亲朋时相聚,
欢声笑语常团圆。

2018.4.29

颂 公 麟

龙眠山隐李公麟,
千载大家名远闻。
成就才情缘故里,
丹青不灭留画魂。

2018.5.1

李公麟,北宋著名画家,字伯时,号龙眠居士,舒州人(今安徽省舒城县)。其好古博学,长于诗,尤以画著名,凡人物、释道、鞍马、山水、花鸟,无所不精,时推为"宋画中第一人"。传世作品有《五马图》《维摩诘图》等。

夜宿万佛湖

湖边草木房,
林密有花香。
雨润树增绿,
风吹草更长。
游人临水戏,
酒店迎宾忙。
晚酌几杯酒,
酣甜入梦乡。

2018.5.2

游 子 吟

又到阳春四月中,
徽风皖韵各不同。
淮河万里晴空碧,
黄山千寻旭日红。
远赴异乡怀故地,
夜思亲友借东风。
乐观今世国昌盛,
喜见游子遍地雄。

2018.5.2

高 原 情

高原匆别四十载,
梦醒时分忆旧情。
岁月无情催人老,
纹多发白眼不明。
戍边卫国正年少,
露宿风餐无怨声。
空气稀薄时缺氧,
寒雪丰裕半年冰。
飞轮驰骋青藏线,
滚滚车流雾中行。
多少将士同并肩,
西南边境永安宁。

2018.5.3

思　　友

别后不知友远近,
时常想起昔日情。
当年相处如兄弟,
今夜思君梦语轻。

2018.5.3

立夏随想

春去夏来昼更长,
脱衣摘帽更轻装。
骄阳虽烈有荫挡,
日晚风来心境凉。

2018.5.5

情系高原

每观皖境烟花漫,
难忘边疆风雪银。
青藏高原昔日眼,
黄梅故里今朝身。
花含春意无深浅,
物感人情有疏亲。
最忆军营士气好,
兵精将勇车飞尘。

2018.5.5

高原汽车兵赞

人老常常梦旧情,
高原一别四十春。
戍边卫国有抱负,
露宿风餐无怨声。
空气稀薄时缺氧,
严寒密裹多年冰。
铁流滚滚青藏线,
热血堂堂汽车兵。

2018.5.6

文翁①颂

文翁生逢文景年,
政治清明举乡贤。
始办公学第一人,
千年石室开新篇。
悠悠岁月两千载,
文脉中华江水绵。
功业长存今古颂,
何妨身灭卧龙眠。

2018.5.11

①文翁(前187—前110),名党,字仲翁。公学始祖,庐江郡舒人(今安徽省舒城县),汉景帝末年为蜀郡守。他创办的我国第一所公办中学(文翁石室)是一所连续办学两千多年未有中断、未曾迁址的学校。文翁兴学是世界文明进程中的一个标志。

再游桃花潭

路远山高碧水长,
峰峦苍翠百花香。
车沿弋江岸边走,
景伴游人回故乡。
桃花潭水深千尺,
留得李白诗名扬。
低吟浅唱黄梅调,
喜看雾散满庭芳。

2018.5.12

车行小川藏线

小小川藏线，
何时到江南。
乘车览胜景，
不用再入川。

2018.5.13

戏说宁国行

出境虽不远,
好玩应优先。
翻山又越岭,
重走"川藏线"。
欧美太遥远,
日韩不喜看。
东南亚可比,
宁国为首选。

2018.5.13

晨游桃花潭

怀山怀水怀仙阁,
看雾看云看柳烟。
俯视桃花潭如画,
疑似仙境落人间。

2018.5.13

梦回桃花潭

一枕相思梦异乡,
桃花潭里有文章。
李白借酒吟诗兴,
汪伦送行情谊长。
泾县春酣犹未尽,
北国夏浅时有霜。
凌晨凉意催人醒,
似嗅桃花满苑香。

2018.5.15

喜聚桃花潭

泾县风光诱我行，
桃花潭水烟云生。
吟诗李杜堪模范，
美景催生妙语成。
情系江南留踪迹，
谊联挚友见真情。
有约夏至感佳气，
阅尽春阑闻鸟声。

2018.5.16

桃花潭抒怀

晨起雨疏生紫烟，
遥观云雾连澄天。
深潭水畔桃花艳，
山径溪头翠竹鲜。
春尽弋江恋两岸，
游人痴隐画中间。
欲知几度相思梦，
汪李犹存诗稿笺。

2018.5.18

游桃花潭有感

疏雨涤尘生紫烟，
薄云开日现蓝天。
幽潭映水桃花色，
野径摇风竹叶鲜。
万籁和谐闻有曲，
千峰翠碧视无绵。
若非汪友心意诚，
哪得李郎吟舟前。

2018．5．19

初　　夏

庭院荫浓夏日长，
风轻雨细丝丝凉。
临窗听得蛙声起，
榴月已闻合欢香。

2018.5.21

晚　　情

久雨方停天朗晴，
春阑花落夏荫成。
夕阳胜似朝霞美，
自古人间重晚情。

2018.5.23

榴　　花

玉立小园似寻常，
甘为配角不张扬。
荫成春尽花残日，
久绽红颜送芬芳。

2018.5.25

纪念万佛湖建湖60周年

龙舒大地众志城，
劈岭开山湖建成。
浇灌良田千万顷，
千秋功泽惠后人。

2018.5.26

夏日随感

远山苍翠云烟轻,
碧水空蒙雾霭萦。
长夏微风送爽意,
临池听雨小荷声。

2018.5.27

夏日山居

潺潺溪水绕村流,
夏日山宅夜更幽。
万壑千峰霞尽后,
虫声断续到床头。

2018.5.28

蘑　　菇

雨后偷生绿草中，
怡然淡雅笑春风。
清心寡欲不争宠，
甘愿舍身犹似蜂。

2018.6.4

老至不知感怀

岁月悠然宅赋闲，
亲朋偶聚茶楼间。
遨游书海有诗伴，
老至不知乐向前。

2018.6.5

晨赏榴花

遥看天空星月沉,
近观草木露凝深。
庭前石榴花如火,
一抹艳红醉我心。

2018.6.4

高考有感

书山寻宝莫疑迟,
学海荡舟自取知。
勤奋耕耘终有获,
何须金榜题名时。

2018.6.7

人生历程感悟

呱呱坠地来人间，
好动喜玩到学前。
刻苦求学善动脑，
勤于工作不偷闲。
时光流逝快如梭，
一晃已然是暮年。
自古青松老益壮，
夕阳冉冉正登攀。

2018.6.9

咏　梅

岁前初见枝中蕾，
年后喜观树上花。
冬醒蜂蝶忙采蜜，
已然春色到吾家。

2018.6.11

春游庐城

四月庐州花满城，
寒塘幽草岸边生。
春风拂面鹊莺啼，
骚客文人伴景行。

2018.6.11

赞舒城土菜

舒国土菜史悠长，
美味佳肴天下扬。
锤肉蘑菇味鲜美，
红烧排骨烩肥肠。
白干虾米酱来蒸，
更喜豆皮煨鸡汤。
鱼冻咸拼冬季菜，
时蔬清炒利健康。
逢年过节聚一堂，
喝酒打牌叙家常。
朋友如来龙舒地，
品尝特色齿留香。

2018.6.12

微信抒怀

人言通信时空近，
我感语音鸿雁情。
无事有情聊几句，
隔屏相望吐心声。
千山万水虽遥远，
微信常常伴我行。
坦荡胸怀走正路，
情真意切满真诚。

2018.6.13

晨游龙眠山

旭日初升透雾淞，
朝霞辉映满山红。
千寻几许幽深处，
轻舞云烟仙境中。

2018.6.16

晨游深山

晨风唤曙东方开，
一道霞光扑面来。
竹径通幽满目翠，
鸟声悦耳乐心哉。

2018.6.16

朋 友 圈

现今通讯时空近，
更利友朋圈里行。
话少话多聊几句，
事无事有倾其声。
千山万水虽隔远，
老友新朋总是情。
莫道闲来少兴致，
友朋上网吐真诚。

2018.6.17

端午感怀

重五临仲夏,
时清昼渐长。
榴花红似火,
角粽飘清香。
艾叶门前挂,
龙舟竞赛忙。
骚魂千载后,
屈子名永扬。

2018.6.18

偶　　感

转战神州五十年，
酸甜苦辣忆从前。
幸得明月清风伴，
无欲无求享静闲。

2018.7.2

庐州巨变随感

安徽发展庐城先，
自力更生美誉传。
大战逍遥留古迹，
名臣故里包青天。
工交快跨万亿级，
商贸已和世界联。
怀抱大湖渔唱晚，
立交地铁高楼间。
领先科技创新路，
产业转移谱巨篇。
旧貌古城日月异，
国强民富享天年。

2018.7.8

赏　　荷

骄阳七月来游园，
湖畔观荷享静闲。
惬意好风入怀后，
仙人移步瑶台间。

2018.7.9

梦回童年

昨夜梦中回幼年,
儿时乐趣如昨天。
乡愁处处可寻觅,
往事悠悠山水间。
傍晚河边铺草席,
两三伙伴尽情谈。
天南地北瞎猜想,
七嘴八舌难入眠。
心系夜空深莫测,
身卧沙滩听鸣蝉。
繁星闪烁似灯火,
蟋蟀弹琴闻自闲。

2018.7.12

儿时记忆

山村夏夜微风凉,
小院门前搭竹床。
犬吠蛙鸣声不断,
虫吟蝉唱曲悠扬。
仰卧遥望苍穹美,
起坐近观萤火忙。
心静无忧自有闲,
不觉入梦到他乡。

2018.7.12

巢湖稻花香

姥山屹立湖中央,
古寺钟鸣送夕阳。
放眼轻舟渔唱晚,
喜观湖畔稻花香。

2018.7.13

夏日即兴

掩扉避暑湖边栖,
几卷诗书似水溪。
晨看窗前雾似幔,
夜观室外灯如霓。
巢湖南北蝉鸣树,
淝水东西燕衔泥。
暴雨来前风骤起,
一丝凉意令人迷。

2018.7.28

荷塘晨游

微风爽爽送清凉,
朵朵荷花披暖阳。
昨夜莲蓬疏雨润,
今晨散出荷花香。

2018.7.31

迎　秋

夏日刚离去,
秋风子夜飑。
高温虽未退,
日复渐觉凉。

2018.8.7

秋日偶记

滚滚乌云携雨来,
雷鸣电闪欲成灾。
秋风一阵驱云散,
七色夕阳霓彩开。

2018.8.11

秋　　归

青荷浸雨花香淡,
绿柳迎风叶渐黄。
夏去秋归时变换,
年华虽逝自徜徉。

2018.8.15

缅怀毛泽东

秋高气爽金菊黄,
领袖爱民情谊长。
四十二年虽已逝,
举国不忘伟人殇。
伟人思想放光芒,
照耀九州国运昌。
我辈定当齐努力,
中华旗帜永飘扬。

2018.9.9

秋　　至

残荷浸雨花余香，
弱柳经风叶泛黄。
山坳喜观苍老树，
湖边又见好秋光。

2018.9.10

夜宿万佛湖

一轮明月挂长空，
蟋蟀弹琴旷野中。
夜宿湖边心悦爽，
平心静气听秋风。

2018.9.15

秋回故乡

草茂林丰叶渐黄,
风轻云淡赏秋光。
一湾湖水波如镜,
秋露熏风回故乡。

2018.9.16

秋居山村

微风爽爽送凉意,
一叶微黄已入秋。
知了黄昏鸣翠柳,
青蛙月夜叫难休。
龙眠山险双眉皱,
毛岭河清醉眼悠。
日暮归来无倦意,
开喉歌满气长留。

2018 年初秋

秋见彩虹

雨后碧空现彩虹，
暮深闹市迎秋风。
三朋四友喜相聚，
换盏推杯谈笑中。

2018 年初秋

秋日偶感

八月风来送桂香，
四时变换入秋凉。
临窗远眺山多色，
枫叶渐红神亦扬。

2018.9.17

桂月秋雨

空山秋雨后,
云重看天低。
桂月黄花路,
暮深归鸟啼。

2018.9.17

秋　　声

华灯初上时,
朗月云中行。
湖映重山景,
秋声入耳清。

2018.9.21

中秋宴感怀

秋日微风入夜凉,
中秋家宴菜肴香。
一家老小喜相聚,
笑语欢声情更扬。

2018.9.24

忆 战 友

每到中秋总忆君,
当年相处弟兄情。
高原别后几多载,
梦里又闻君语声。

2018.9.24

中秋有感

万古清秋升月明,
千年伟业在人间。
太平盛世喜相聚,
共此月华展笑颜。

2018.9.24

国庆抒怀

秋高气爽烟云淡,
鸟叫虫鸣声语清。
郊外遥观山秀碧,
喜迎国庆抒豪情。

2018.9.30

闲　　居

前为簪组束，
今幸闲居家。
春赏百花艳，
秋观多彩霞。
晨行踏露草，
晚坐品茗茶。
来往友常聚，
长歌到天涯。

2018.10.1

秋　　景

风轻云淡桂花香，
湖面残荷已卸妆。
待到来年相见日，
依然又是好秋光。

2018 年仲秋

山村秋色

秋雾蒙蒙日渐凉，
虫声阵阵夜寻常。
晨观露草凝霜重，
放眼苍山几处黄。

2018 年仲秋

桂月赏花

桂月桂花香,
仲秋日渐凉。
香风迎贵客,
共享桂花芳。

2018.10.3

寿芝堂欢宴

鲁国大地贵宾到,
相聚庐城宴一堂。
重义重情齐鲁汉,
性情豪爽举杯忙。
三巡已过酒犹酣,
兄弟情深情正昂。
听到二哥罢酒令,
非为惜酒为安康。

2018.10.12

重阳有感

重阳自古是佳日,
临水登山谈笑中。
去岁仰观云去雁,
今年又见天飞鸿。

2018.10.17

舒怡大酒店欢宴并赠劲松贤弟

舒怡落户庐州城,
鸿儒高朋聚一堂。
美味佳肴尝不尽,
高情列座飞羽觞。
豆腐棍子家常菜,
汤炖燕菇格外香。
酒过三巡情更涨,
诗词歌赋又登场。
主人待客诚心意,
贵客感怀神情扬。
已过百年何所忆?
真情厚意难相忘!

2018.10.21

雨天赖床记

秋风一夜铺阶黄,
细雨绵绵渐转凉。
醒看窗前烟雾重,
赖床不想穿衣裳。

2018.10.25

山村暮秋图

十月秋林饱经霜,
微风阵阵催叶黄。
流光溢彩山夜景,
疑似银河落村庄。

2018.10.26

观曾侯乙墓葬有感

周王后代曾侯乙,
陪葬女娃排几行。
富贵荣华几十载,
寿终坟冢草也长。

2018.10.27

日暮游东湖

东湖四畔堤周长,
柳树烟波倚夕阳。
暮色鲜明雾散尽,
星河倒映水中央。
嫦娥羡慕夜光美,
捧上桂花格外香。
一笑淡然思半醉,
无忧无虑入他乡。

2018.10.27

珞珈山抒怀

珞珈雄峙东湖南,
临水傍城江畔边。
北揽湖光仰屈子,
南接通衢枢纽间。
清风可饮醉山色,
明月仰观妒众仙。
云水笼烟山壮美,
英才集聚谱新篇。

2018.10.27

游黄鹤楼有感

极目楚天江水岸,
龟蛇屹立两边山。
登楼欲睹江天色,
满眼高楼遮视线。
黄鹤远游千余载,
空余胜地思孙权。
茫茫九派流楚地,
鸿儒圣贤续新篇。

2018.10.28

有感鸿雁越冬

枝枯叶落已深秋,
雁阵长空鸣几愁。
万里岭南非故地,
来春回返竟风流。

2018.11.3

人生旅望

寒来暑去月星换，
阴惨阳舒时序迁。
叶草经霜虽败色，
冬春更替又新年。
人生如梦岁华短，
荒度时光有负天。
勤奋补拙乃有用，
书山学海任蹁跹。

2018.11.3

秋赏红枫随笔

细雨绵绵莫添愁,
红枫尽赏读深秋。
时光如梦驰如电,
悟透人生一世悠。

2018.11.3

红 枫 赞

枫叶飘红可有愁,
霜欺离树随风游。
飘零旷野心依旧,
待到春发醉到秋。

2018.11.6

秋冬之交感怀

疏雨迷蒙不必愁，
红枫遍野赏深秋。
年年岁岁时如电，
岁岁年年月似钩。

2018.11.7

枫叶红时好赏秋

清霜白露到梢头，
万物轮回不用愁。
美景何时令我醉？
风催红叶满山秋。

2018.11.8

秋　　游

风霜染叶已深秋，
红艳满山竞相留。
游客贪婪秋色美，
如痴如醉忘归游。

2018.11.11

四季人生

浮云一片风来休，
霜露三更何有愁。
四季风光皆是景，
人生也有春和秋。

2018.11.12

退身闲吟

日高九尺裹衾眠，
睡枕清凉心静闲。
晨起公园健步走，
纳新洗肺气澄鲜。
退身政界虽无权，
仍盼吾国多有贤。
且向暮途独自去，
闲吟偶醉到终年。

2018. 11. 12

自 画 像

夜深难入眠，
想后又思前。
奋战高原苦，
坚持整十年。
从军二十载，
再累无怨言。
转业地方后，
一切都新鲜。
降职又减薪，
从未放心间。
虚心学经济，
改革冲在先。
助企破危局，
为民排忧难。
洁身且自好，
律己正衣冠。
职级虽未动，
无愧心也甜。

时光如流水,
一去不回还。
仕路多曲折,
所欣洁自安。
回望吾历程,
迷茫似云烟。
前段无斑斓,
后程刚登攀。
日出去锻炼,
日落听鸣蝉。
白天多捧卷,
夜晚吟诗篇。
老友时而聚,
新朋侃大山。
饮酒不过量,
偶醉赛神仙。
出外不劳累,
宅屋莫赋闲。
调整好心态,
规律饭与餐。
夕阳虽将至,
彩霞尚满天。

2018.11.17

偶　　吟

人生不过几十年，
无欲无求得清闲。
且看夕阳依旧美，
彩虹似火霞满天。

2018.11.18

珍惜人生

夕阳虽好论分秒，
人到暮年岁月少。
珍重当前莫错过，
勿留遗憾和懊恼。

2018.11.18

心宽自乐

风催湖水波浪翻,
烟雨绵绵已感寒。
秋尽冬来年更替,
无忧无虑赛神仙。

2018.11.19

高 原 情

自我从军始，
十年在高原。
铁马担岁月，
戍边华夏安。
生活虽枯燥，
信仰度时艰。
戈壁滩荒凉，
青海湖水咸。
昆仑山叠嶂，
黑河水湛蓝。
牦牛膘肥壮，
黄羊喜游迁。
藏民毡房暖，
山川生紫烟。
每岁十二月，
半载雪封山。
车行青藏线，
一路皆簸颠。

一旦车抛锚，
露宿与风餐。
几日无救援，
饮雪也心甘。
零下四十度，
冰雪道路添。
山高坡度大，
命悬一线牵。
高山尤缺氧，
呼吸更困难。
风沙常年有，
时而伴沙眠。
冬日最难熬，
抱团驱严寒。
任务完成好，
雪地杯酒欢。
夏季最宝贵，
可叹无多天。
每当忆往事，
浮想又联翩。
情深在军营，
卫国心自宽。

2018.11.20

冬行池州

初冬秋色重,
浓雾锁城乡。
高速路封闭,
车行国道长。
有朋酒店等,
急速赶程忙。
无意观秋景,
杏花闻酒香。

2018.11.22

杏花村里有酒家

夜入杏花村,
迎门闻菜香。
灯笼高挂起,
月照地如霜。
好友盛相邀,
列坐飞羽觞。
未阑笑语夜,
此景难相忘。

2018.11.22

改革开放 40 年感怀

改革数载功德成,
开放连年日月盈。
国力愈强世举目,
民生渐好心安宁。
造福百姓党初心,
发展始终砥砺行。
赶上当前好时代,
真抓实干莫虚名。
心中多想工农苦,
耳里常闻苦累声。
举国同心共命运,
军民携手奔前程。

2018.11.25

暮　咏

日暮鸟归林，
静心闻鸟声。
阴阳滋万物，
天地入吾心。

2018.11.25

寒冬有情

今晨练,见园林工人将石灰浆涂抹在树干上,以驱虫御寒,遂有感而发。

冬日寒将至,
树也添衣衫。
感怀人有情,
暖暖迎新年。

2018.11.26

晨　　吟

昨夜难入睡，
今晨起个早。
公园闲步走，
霜重凝幽草。
红日刚露头，
霞光千万道。
光染草木色，
露珠遁九霄。

2018.11.26

参观杭埠华厦幸福公司有感

华厦幸福落杭埠,
龙舒大地展雄风。
当年公瑾在此地,
守护家乡门户东。
西产东城①业融合,
新城崛起似梦中。
今时广厦挺姿态,
昔日村容无影踪。

2018.11.27

①西产,指产业基地;东城,指新城区。

久　　逢

老友久重逢，
相谈杯酒间。
忆及过往事，
浮想又联翩。
可叹时光短，
不觉夜半天。
清风入我室，
朗月伴吾眠。

2018.11.28

偶　　得

雾浓秀野茫，
云重空山苍。
飞鸟争枯树，
筑巢避冷霜。

2018.12.1

随　　记

秋虫已入眠，
冬鸟仍欢颜。
万物融天地，
深藏烟雨间。

2018.12.1

冬雪夜眠

寒冷隆冬夜,
悠闲一老翁。
卧翻几卷后,
困意眼皮中。
灯灭静心睡,
香甜暖被笼。
天明寒未起,
室内闻雪风。

2018. 12. 1

初冬闲吟

浓雾初冬夜,
凉寒宿屋中。
悠闲翻几卷,
快乐添三重。
清气漫苗圃,
露珠铺草丛。
风催雾欲散,
霜叶满阶红。

2018.12.1

夜　　归

宴散漫行湖畔东，
三朋四友闲谈浓。
路边樟树株株绿，
园内季花朵朵红。
冬夜银河星灿烂，
清晨明月映湖中。
忽然已入小区路，
酒醒神清沐秋风。

2018.12.5

咏 落 叶

落叶飘零风伴游，
枯枝屹立有何求？
待得冬尽春来后，
叶茂枝青莫用愁。

2018.12.6

冬寒偶吟

秋往冬来又一年，
百花凋尽树枯残。
昨天出外穿衣单，
今日还家披袄寒。
可奈出门无去处，
卧床捧卷日三餐。
北风呼啸阴寒夜，
广厦千家可入眠？

2018.12.7

冬　　夜

北风送冷气，
旷野迎白霜。
花尽怜幽草，
枝枯叹叶黄。
三更衾枕冷，
夜半睡眠香。
入梦忽惊醒，
卧床待暖阳。

2018.12.9

雪夜闲吟

初冷仲冬夜,
悠闲一老翁。
书翻几页后,
倦目困眸中。
心静鼾声细,
梦甜睡意浓。
晓临犹未起,
窗外雪迎风。

2018.12.9

夜 雪

六出飞花夜，
衣添好几重。
宅家春意暖，
冷阻出门封。
白雪轻无声，
寒风劲有踪。
安心早入睡，
天地拥怀中。

2018.12.10

夜感第一场雪

夜半临窗看,
三更夜色浓。
北风呼呼响,
白雪落青松。
灯盏闪星点,
万家栖茂丛。
卧床再入睡,
美梦香甜中。

2018.12.10

初雪感怀

六棱飞雪落庐城,
宴散迎风健步行。
灯火万家繁闹处,
人稀车少显安宁。
风轻雨密雾霾散,
欣感气清晶玉盈。
深夜静心安稳睡,
时闻雨雪打窗声。

      2018.12.11

飞 雪

一夜北风吹不休,
三更白雪送寒流。
飘飘洒洒落何处,
快快活活立树头。

2018.12.11

2019 年度

雪天抒怀

临窗眺望烟云浓,
出屋喜观飞雪花。
园角梅红尚未露,
静心与友品清茶。

2019.1.9

冬雪吟

云重雾浓天更低,
雪花六出漫天飞。
夜深时感风飒飒,
清晨远看雨霏霏。

2019.1.10

冬游巢湖

浓浓烟雾少花芳,
腊月寒冬梅正香。
四顶山中饮酒兴,
巢湖水岸舟曲扬。

2019.1.10

深山赏兰

寒冬腊月北风劲,
春暖花开秀野清。
小径通幽山坳处,
竹边几朵兰花馨。

2019.1.18

室　　兰

斗室如春暖，
兰花竟自开。
子时香味浅，
清早幽香来。

2019.1.19

偶　　记

寒风塞北裹飞雪，
春暖江南旷野芳。
年转境迁人亦老，
容颜虽老体犹康。

2019.1.26

冬阳感怀

冬阳高照犹增暖,
腊月寒冬尚未寒。
鸟觅高枝自享乐,
人逢喜事尽情欢。

2019. 1. 26

冬　　韵

岁尽年新梅蕊香,
北风裹雪换银装。
冬阳绽脸雪寒尽,
游子还乡探早芳。

2019. 2. 1

除夕感怀

除夕恰遇立春日,
岁暮又闻梅暗香。
浓雾锁城难赏景,
清风守岁待春光。
千家万户喜团圆,
丰盛菜肴已家常。
美酒浅尝别过量,
陪君春晚入梦乡。

2019.2.4

己亥年新春天降瑞雪有怀并赠劲松贤弟

年前冬日暖，
岁后雪春寒。
沉醉非因酒，
高朋良会欢。

2019.2.8

踏雪寻梅有感并赠劲松国侠夫妇

旧岁冬阳备感暖，
新年春雪始觉寒。
高朋结伴寻梅去，
不畏风寒笑脸欢。

2019.2.9

瑞雪迎春

岁前冬暖未久长,
年后春寒梅吐香。
飞雪迎风天地舞,
庐城一夜换银装。

2019. 2. 9

梦　　雪

昨夜瑞雪入梦以记
夜梦雪花漫天舞,
四方飘洒影无踪。
润泽庭院三分地,
待到秋时硕果丰。

2019. 2. 10

元宵夜

十五上元日，
灯谜几费猜。
云浓难见月，
日暮梅香来。
团聚在今朝，
情浓入醉怀。
难得不眠夜，
不醉莫相催。

2019.2.19

元　　夜

细雨绵绵灯火红,
轻烟缈缈夜朦胧。
千家万户喜团聚,
换盏推杯谈笑中。

2019.2.19

早春访梅

烟雨蒙蒙倍感凉,
微风阵阵送梅香。
游人冒雨寻花去,
几处梅红欲吐芳。

2019.2.20

二月春色

湖岸梅花朵朵开,
蜂蝶四面款款来。
寻花问柳忙前后,
二月春风锦绣裁。

2019.2.25

春　早

二月东风催草醒,
高朋良友踏青行。
红梅喜绽香含韵,
翠鸟清歌语有情。
乍暖还寒入眼碧,
蜂飞蝶舞绕耳鸣。
苍天有顾游人意,
大地无言春信生。

2019.2.28

雨后赏春

新雨空山雾缈缈,
风轻云淡鸟啾啾。
梅开二度香幽远,
心静神怡尘滤休。

2019.02.28

梅妆春色

日暮东风梅送香,
红白两色齐芬芳。
密疏恰当宜春色,
也醉蜂蝶来秀场。

2019.3.5

梅　　韵

美人虽艳丽，
高士也多姿。
日暮长相守，
清晨倍苦思。

2019.3.5

雾中赏梅

千姿百态凝寒霜，
雾锁娇颜梅吐香。
疑似上天怜爱重，
犹如仙女笼纱装。

2019.3.6

惊 蛰 夜

雾浓云重润新绿，
雨细风轻送暗香。
苏醒雷声惊鸟梦，
自鸣自唱夜未央。

2019.3.7

踏青访梅

姹紫嫣红千万朵,
清心悦目两三枝。
春风送爽香幽远,
晚照铺霞彩参差。
契友寻梅从芳履,
倾心赏景兴归迟。
好蜂采蜜正当季,
诗句因情得此时。

2019.3.12

访　梅

己亥岁前后，
梅蕊吐芬芳。
风吹雪飞舞，
大地铺银装。
挚友同访梅，
雪浸梅花香。
写生又拍照，
咏诗著华章。
寒气虽侵袭，
倾情未觉凉。
飞花恋衣襟，
细雨湿衣裳。
难得闲逸情，
不舍蜂蝶忙。
日暮催客归，
夜饮醉梦乡。

2019.3.21

春游万佛山

日出东南隅，
光铺万佛山。
龙舒儿女志，
致富山林间。

2019.3.23

春吻万佛山

春风又吻万佛山,
世外桃源空气鲜。
雨后初生春笋嫩,
山前已现群芳妍。
重峦叠障霭烟里,
险壑奇峰仙境间。
沐浴春光无限好,
吟诗对酒画中眠。

2019.3.24

春到万佛山

柳绿桃红三月天,
蛙鸣鸟叫春芳颜。
三朋四友同结伴,
一路凯歌奔上山。
仰望万佛峰顶雪,
俯吟双壑松间泉。
莫言老朽心难壮,
非到云巅决不还!

2019.3.24

春　归

晴空透日地芳华,
露草晶莹映朝霞。
鸟叫虫鸣蜂蝶舞,
春回大地处处花。

2019.3.26

清明追思

风轻云淡艳阳天,
把酒吟诗祭祖先。
祈愿长条增绿意,
追思垂泪柳堤边。

2019.4.5

晨练有感

平湖碧水依山静,
旷野青青烟柳依。
每到春时花绽放,
百花斗艳齐芳菲。

2019.4.8

镜湖柳思

镜湖旖旎水接天,
雾气蒙蒙隐赭山。
烟雨墩中思俊彦,
大江两岸多群贤。

2019.4.13

桃月偶感

三春鸟语无蝉噪,
不逊秋光花似云。
乍暖还寒时交替,
不知不觉季已分。

2019. 4. 15

五一欢歌

风和日丽精神爽,
笑语欢歌气象新。
创业光荣劳动美,
国强民富晚如春。

2019. 5. 1

五四抒怀

风华正茂犹青年,
五四百年似眼前。
莫问老夫何所梦,
中华复兴翁安眠。

2019.5.4

湖边晨练

日丽风和初夏鲜,
蛙鸣鸟啼艳阳天。
老夫晨起湖边望,
音乐悠扬舞翩跹。

2019.5.21

端午抒怀

乌云翻滚天将暗,
暴雨来袭夜好眠。
热浪渐消爽朗日,
喜迎端午吟诗篇。

2019.6.7

观 荷

圆盘翠绿令人醉,
几瓣花红未染尘。
出自污泥留秉性,
洁身自好乃真纯。

2019.6.18

夜　　思

狂风暴雨周边来，
夜半三更蛙正鸣。
叫醒老夫难入梦，
左思右想到天明。

2019.6.20

夏　　雨

风催暴雨洒庐城，
云裹轻雷遍地声。
雨过可知燕去处？
一池清水数蛙鸣。

2019.6.21

陪友访紫蓬山西庐寺有感

庙宇端庄枥树静,
重峦叠嶂鸟虫鸣。
微风阵阵生凉意,
往事悠悠世外情。

2019.5

温　　泉

泉眼无声涌暖流,
蒸蒸热气随风悠。
冬寒到此洗劳尘,
身爽心宽解万愁。

2019.6.27

小塘赏荷

小塘芦苇亭亭立，
几朵荷花粉粉妆。
归去轻拾一片叶，
三生无染梦清香。

2019.6.28

夏日瞬变

乌云滚滚欲遮山，
细雨轻拂湖上船。
一阵狂风吹袭后，
雨停云散露蓝天。

2019.6.29

咏 荷

自幼安然守野塘,
每年酷暑换新装。
志存高远展鲜绿,
心底无私迎夏阳。
暑气蒸蒸叶更翠,
微风爽爽花添香。
一年又到赏花季,
樽满清吟在玉堂。

2019.7.16

夏　　荷

独自安心在水塘，
每逢酷夏着新装。
眼前高远收新绿，
心底宽和纳泥黄。
热气蒸腾叶更碧，
微风爽朗花尤香。
丹青自古兴诗意，
墨宝至今挂玉堂。

2019.7.16

重 逢

高原一别四十年,
笑貌音容在眼前。
昔日青春留岁月,
今朝友谊润心田。

2019. 7. 18

游松花湖有感

松花湖水波光粼,
丰满坝①高机电鸣。
游艇排排水上景,
迎风爽爽画中行。

2019.7.19

①1937年,在松花江上游修建拦水大坝发电,形成了丰满水库。

战友同游松花湖抒怀

云淡天高秀野平,
青山绿水湖中行。
欢歌笑语表心意,
聚散有期皆有情。

2019.7.22

大庆[①]油田抒怀

大庆油田望无垠,
草原一片绿茵茵。
心泊百湖勇激水,
梦栖湿地转绿蘋。
创业艰难何所惧,
铁人进喜[②]抖精神。
改革开放换新貌,
科技创新正暖春。

2019.7.25

①大庆为百湖之城,有亚洲最大的湿地。
②铁人王进喜是20世纪50年代全国著名劳动模范。

油 田 颂

湿地百湖恋晚霞，
蓝天碧水映荷花。
草原处处耸油井，
血脉涌流到万家。

2019.7.27

夏 夜

雷鸣电闪乌云生，
都市高楼伴雨声。
夜半雨停风又起，
云飞月走待天明。

2019.7.27

松花江夜

松花江水浩荡荡，
滚滚向东奔远方。
五彩缤纷夜色美，
风光旖旎波粼粼。

2019.7.27

八 一 颂

南昌起义炮声响,
滚滚春雷惊四方。
劳苦翻身求解放,
武装割据起征航。
天翻地覆山河变,
虎跃龙腾华夏强。
从此开出新境地,
复兴路上挺脊梁。

2019.7.31

庆 八 一

回首英烈中华魂，
百年受辱感慨深。
前仆后继长城老，
大江南北家国侵。
今日国强岁月好，
干戈销尽太平今。
野狼虎豹伏墙外，
勿忘报国初始心！

2019. 8. 1

又逢八一

每到八一情更长,
梦回灯下试戎装。
领章不褪鲜红色,
纽扣犹存金质光。
往日功名已淡忘,
而今战友可安康?
老来未减凌云志,
只要有招愿赴场。

2019.8.1

暴　　雨

雷鸣电闪乌云滚,
挟雨带风天更低。
久遇甘霖万物幸,
路人个个落汤鸡。

2019.8.2

高歌新时代

祖国辉煌七十年,
大江南北谱新篇。
改革开放敢尝试,
筑梦未来勇争先。
朝沐暖阳扬气概,
夜泽新雨润山川。
老夫喜看新时代,
襟满豪情难入眠。

2019.9.2

中秋闲吟

每到中秋月似盘,
千家万户盼团圆。
亲朋四海乡归处,
把酒一杯共婵娟。

2019.9.13

秋　　韵

窗纱又透秋风凉,
唤醒老夫勿赖床。
昨夜月明入我梦,
今晨桂子送清香。

2019.9.29

次瑞波兄韵

九月九来佳重阳,
秋高昼短夜延长。
菊花黄伴青竹翠,
高宴升平醉桂香。

2019. 10. 7

重阳感怀

重阳又到欲登楼,
怒放黄菊已暮秋。
可奈人生如梦幻,
珍惜岁月莫悲愁。

2019. 10. 7

秋咏(八首)

秋声

雁阵南飞声不断,
蝉鸣歇与暮秋天。
暗虫窗外唧唧叫,
人静夜阑好入眠。

秋叶

一叶知秋落晚凉,
三朋问暖添衣裳。
居家食卧任由我,
四季轮回莫怕霜。

秋云

海阔天高明远志，
碧空霞彩生幽情。
白云舒卷随心意，
自在秋风任我行。

秋雾

白纱黑帐罩山峦，
欲把秋光锁世间。
红日喷薄雾自退，
尽驱瘴气送丰年。

秋夜

寒露西风落叶黄，
清辉夜半地结霜。
疏枝无意拦窗影，
秋韵有情送谷香。

秋雨

秋雨绵绵日渐凉,
枯枝残叶夜铺黄。
雁鸣阵阵南飞去,
无惧菊花不怕霜。

秋阳

赤日炎炎忽已远,
秋风阵阵送凉寒。
艳阳熟化丰收果,
忙里偷闲心更欢。

秋园

秋后残荷立小池,
枯林黄叶雀鸣枝。
湖边岸柳尚余翠,
硕果丰年燕去迟。

2019. 10. 8

小洞天感怀

与友亲临小洞天,
群山叠嶂气澄鲜。
千姿百态令人醉,
人在画中犹似仙。

2019.10.25

秋 之 韵

暮色来临赏晚秋,
朝阳冉冉霞云浓。
晚风沐暖金红叶,
夜雨洗清龙柏松。

2019.11.3

晚　　秋

红叶醉诗秋已去,
黄花满地冬将临。
清涟湖水增寒意,
闲步林间和鸟音。

2019.11.4

晨　　起

东方欲晓三分白,
喜看阳台花盛开。
小鸟初啼无睡意,
精神抖擞歌声来。

2019.11.5

山村晚秋图

翠竹立野山,
黄稻铺农田。
小径通幽处,
枯藤绕树眠。
池塘荷叶残,
院内菊花鲜。
日暮彩霞美,
山村生紫烟。

2019.11.12

闲　　吟

岁月如梭时快流,
白发渐满少年头。
追寻梦想未停步,
有志何须百岁忧?
夜静卧床偶辗转,
日闲伴友常悠游。
临窗遥望秋冬景,
往事如烟壮志留。

2019.11.24

应　　变

昨日着衫还感暖，
今晨穿袄已觉寒。
四时交替由天定，
半冷乍来任叶残。
感悟人生时有变，
莫究俗事自然欢。
虚怀若谷人常在，
坦荡无私心地宽。

2019.11.25

夜　　空

空山新雨后，
夜静鸟无声。
仰望苍穹美，
星辰伴月明。

2019.11.30

冬　　吟

雨过天晴空气鲜,
风来雾散艳阳天。
夜霜犹放琼花蕊,
湖水初凝白玉盘。
喜鹊孤巢翻冻影,
书生陋室吟残篇。
开门放入酣酣日,
举步迎来款款山。

2019.12.2

淡泊人生

人生短暂如流星，
只作长空一瞬行。
虽绽自身光与热，
何妨宇宙暗和明。
经天微亮少耀眼，
坠地陨石多不名。
且把身心放淡定，
化成泥土助粮生。

2019.12.3

劝　　学

少年刻苦多求学，
积累知识利后行。
释放自身光与热，
承担社会责和情。
性情孤傲难成事，
气定神闲易于赢。
努力人生终有获，
胸怀坦荡心安宁。

2019.12.3

冬日偶吟

旭日东升彩霞红,
金光万道映长空。
枯枝黄叶伴幽草,
爽气轻风观雁鸿。
喜鹊群飞频展翅,
身轻足下健如风。
寒冬虽冷终将去,
明媚春光五谷丰。

2019.12.6

庭院风光

屋后红枫艳,
池边水鸟鸣。
依窗看美景,
人在画中行。

2019.12.6

知老自得吟

清晨旭日东升起,
喜鹊登枝亮嗓音。
微信频来消睡意,
数条快览知新闻。
开窗透气精神爽,
迈步行吟腿脚轻。
利禄功名抛脑后,
琴棋书画伴吾行。

2019. 12. 11

晚岁抒怀

年逾古稀无所求，
人间世事胸中收。
平生得失随风去，
晚岁心宽自在游。
可叹光阴如箭矢，
欣觉岁月似金秋。
闲痴陋室书千卷，
夜宿山村梦境留。

2019.12.11

冬日偶得

往事如烟梭日流,
无情雪满少年头。
曾经豪放青春气,
来日平和晚岁收。
老者无忧有保障,
闲时有伴作清游。
冬春秋夏皆成景,
美意延年些许留。

2019. 12. 16

寒　　意

疏雨北风寒意浓，
枯枝黄叶透梅红。
夜深霜重怜幽草，
人老阅多喜岁丰。

2019.12.26

晨　　吟

一夜风吹冷飕飕,
清晨旭日映天红。
依窗眺望园中景,
满地叶黄衬青松。

2019.11.28

冬　　夜

寒风挟雨夜清凉，
寂静小区落叶黄。
万户人家衾枕暖，
梦甜一夜迎朝阳。

2019.12.28

2020 年度

夜　　思

风摇树影月弹琴，
夜静虫鸣天籁音。
茅屋贫寒可避雨，
书斋浩瀚养诗心。

2020．1．14

新年有感

寒风旧岁霭烟天,
细雨绵绵迎鼠年。
新庆已来符更换,
东风未觉梅当先。
觥筹交举临桌前,
情致独来吟月边。
昔往忧劳驰电去,
当歌逸兴写新篇。

2020.1.24

众志成城战魔顽

今逢庚子新初年，
举国忧心难入眠。
新冠病毒猛似虎，
白衣战士斗魔顽。
军医受命奔前线，
政府爱民破万难。
急险关头坚信党，
神州定现艳阳天。

2020.1.25

军民同心抗毒疫
——和永乐仁弟七律一首

庚子年初天气寒,
雾蒙楚地阴霾天。
千家闭户防新冠[①],
多市封城斗疫坚。
瘟神肆虐中华地,
独有英雄勇向前。
待到病魔驱尽日,
亿万军民尽开颜。

2020.1.27

①新冠,指新型冠状病毒。

灾年探亲记[①]

素裹银装昨夜来,
枯枝挂雪如棉开。
归乡欲拜众亲友,
户户闭门似躲灾。

2020.1.27

[①]庚子年正月初三,正值新冠病毒肆虐之时,我冒险回乡探亲。大别山区迎来一夜大雪,银装素裹,枯枝挂满白雪,犹如棉花盛开,美不胜收。美景如旧,喜庆却难寻,沿途不见往年乡亲走亲访友拜年的热闹场景,家家户户闭门谢客,以防病毒感染。感慨颇多,特小诗以记之。

咏　　竹

山涧溪边青玉邻，
严寒不惧四时新。
盘根错节任天长，
见缝插针随我伸。
惊雷破土绽芳笋，
疏雨润物凌云身。
千磨万击仍坚劲，
挺起直节未染尘。

2020．2．1

防疫抒怀

毒疫横行万众忧，
中华大地忽添愁。
军民齐力为家国，
医护献身甘领头。
应对有招莫不勇，
控防得法方能休。
同心此疫风吹散，
天朗气清度春秋。

2020.2.1

送 瘟 神

旭日临窗天早明,
卧床勿起莫出行。
人人宅屋瘟神苦,
户户安全绝疫情。

2020.2.2

报 喜 鸟

喜鹊临窗叫,
莫非喜事到。
瘟神欲送走,
华夏军民笑。

2020.2.3

春日战毒疫

春回大地阳光媚,
寒意尽消春信生。
万户闭门疫患苦,
千村封路无怨声。
全民携手战毒疫,
举国同心壮志明。
试问瘟神欲何往?
莫言断道①限君行。

2020.2.5

①断道,指切断病毒传播渠道。

庚子春咏(五首)

探春

腊后清风寒意重,
雪梅含笑绽芬芳。
百舌齐唱唤春醒,
烟柳半眠裹旧霜。

2020.2.3

立春

年后疏梅绽几枝?
春来地气正发时。
岁前只恨春归晚,
眼下蜂回并未迟。

2020.2.4

早春

艳日催青小草绿,
东风拂柳梅花开。
残冬未尽春来到,
早有蜂蝶四面来。

2020.2.6

春早

残冬未尽雪花飘,
地气生发醒草蒿。
待到东风吻大地,
寒江一夜涌春潮。

2020.2.6

报春

繁花似锦逐流尘,
流水有情润草茵。
三月东风唤鸟啼,
一鸣已报满园春。

2020.2.6

上元夜思

古云灯节大如年,
每到今宵难入眠。
火树银花繁闹市,
腾龙玉爪舞春天。
但悲庚子妖作孽,
无奈神州民可怜。
宅室消烦开望眼,
一轮新月挂天边。

2020.2.8

卜算子·元宵(二首)

(一)

岁岁闹元宵,
夜市花灯好。
已是黄昏天半晴,
路面行人少。

可恨新病毒,
似鼠乱钻咬。
使得衰翁难入眠,
痛切焦心闹。

（二）

雷火筑风神，
将士出征了。
不破楼兰终不归，
带队领先跑。

士气引民心，
春暖花枝俏。
待到妖除霾雾消，
我共山河笑！

2020.2.8

清平乐·战疫情(二首)

(一)

凌寒梅艳,
月夜幽香淡。
欲送瘟神离武汉,
医护抛家奋战。
党员冲在民前,
神州遍阻毒源。
今日同舟共济,
春来共绽欢颜。

(二)

毒魔肆虐,
庚子鼠奔窜。
狂妄一时凌武汉,
被迫九州抗战。
党员奋勇当先,
全民守护家园。
努力同心斗暗,
只期春暖花妍。

2020.2.11

庚子春疫

春信无声醒柳芽，
东风有义伴梅花。
鼠年春色无人赏，
紫燕何时入我家。

2020.2.24

感庚子春疫

又见柳芽黄,
山川渐改装。
春风携细雨,
紫燕绕房梁。
昔叹人生短,
今愁毒疫殇。
相逢别后久,
共赏百花芳。

2020.3.2

致敬妇女节

东风携雨润山川,
万物复苏辞旧年。
大爱无疆荆楚地,
英姿飒爽半边天。

2020.3.8

赏　竹

野径山林是处寻，
凌霄玉竿四时新。
曾随儒士歌寒雪，
今伴老翁唱暖春。
只为仙台嫌寂寞，
临风疏影落凡尘。
有君相伴自然好，
气爽心清节自珍。

2020.3.8

宅家思绪

宅屋月余心闷慌,
客厅卧室放足量。
窗前眺望春和景,
屋外暂舒抑郁肠。
细雨润泽万物兴,
东风吹动百花香。
瘟神不去民多苦,
毒疫尽除人乃康。

2020.3.10

致敬快递小哥

快递小哥昼夜狂,
长街短巷穿梭忙。
疫情肆虐有何惧,
方便市民未躲藏。
双脚踏翻危险路,
一肩担尽暑寒霜。
为图物畅行千里,
踏破铁鞋入梦乡。

2020.3.11

往事如烟

回首往年感味多,
酸甜苦辣汇成河。
数年戎马高原苦,
半世为民春放歌。
动看风云常变幻,
静观日月任蹉跎。
岂知岁晚寄文墨,
醉酒狂诗渐入魔。

2020.3.12

花开疫散

晨行踏露草,
野径地结霜。
喜鹊迎头叫,
欣闻梅吐香。
今春毒疫狂,
百姓皆遭殃。
封闭月余日,
相期人健康。

2020.3.12

哀　　思

牙牙学语有谁知，
滚打摸爬立步时。
困苦当年难饱腹，
亲娘忍饿省食施。
羊羔跪乳感娘恩，
反哺乌鸦尽孝迟。
可叹从军在外地，
未能久伴陪家慈。
每当想起早年事，
花尽春归已去枝。
辗转难眠常梦忆，
诗成泪落寄哀思。

2020. 3. 13

忆江南·荆楚抗疫抒怀（四首）

（一）

荆楚地，
庚子日阴春。
毒疫横行江两岸，
军民奋力战瘟神。
医护爱民亲。

（二）

百姓幸，
有党指航程。
困苦艰难时应对，
初心不改助民行。
除疫众安宁。

（三）

楚江泪，
流满洞庭春。
鬼啸狼嚎毒肆虐，
风凄雨冷市封门。
苦煞城乡人。

（四）

楚江傲，
奔涌扬波涛。
万众一心投抗战，
五湖四海起春潮。
呼暖待花娇！

2020.3.14

蜀山即景

雨后蜀山空气新，
蜂飞蝶舞草成茵。
花繁叶茂好风景，
柳绿桃红迎早春。

2020.3.18

庚子首剃头

两月宅家未理头，
翁毛长似关公须。
今晨壮胆剪发爽，
减重舒心防脑愚。

2020.3.19

问　　春

去岁东风曾冻雨，
今春寒倒又添凉。
何须苦问春多少？
一树桃花四处香。

2020. 3. 20

宅室首出踏青图

两月宅家闷尚存，
今天首出踏青行。
桃花绽放蜂蝶舞，
沐浴春光听鸟鸣。

2020. 3. 25

疫后春光

湖岸河边柳几行,
桃红梨白花芬芳。
晴空透日天蓝碧,
无限春光自在扬。

2020.3.25

落红如常

花开花谢如常风,
到季落红使命终。
落叶归根遵世道,
静心修炼一衰翁。

2020.3.26

上巳日闲吟

电闪雷鸣三月三,
春风携雨到人间。
桃红满树柳芽碧,
疫散行人开笑颜。

2020.3.26

上巳日感怀

上巳节时好踏青,
云烟柳色悦怡情。
流觞曲水古风远,
酒饮诗吟伴鸟声。

2020.3.26

东风送雨

东风送雨祥和来,
润物无声花盛开。
柳绿竹青妆翠色,
天高云散除瘟灾。

2020. 3. 27

夜雨感吟

谁知春雨有何愁?
滴滴答答一夜流。
只为方田谷物翠,
到秋又可获丰收。

2020. 3. 28

感疫情渐消

风和日丽近清明，
毒疫渐消可出行。
紫气迎春花烂漫，
东风拂面鸟争鸣。
桃花笑靥迎宾至，
兰草幽香慰客情。
百姓宅家两月后，
消愁解禁国安宁。

2020.3.28

晨访桃林

蜀山脚下桃花红，
露染胭脂香更浓。
犹似佳人晨醒后，
梳妆打扮展芳容。

2020.3.29

科大校园樱花观感

校内樱花满树开，
城郊草色伴春来。
游人拥至踏青兴，
此地繁华多俊才。

2020.3.30

庚子清明感吟

疫情渐缓便清明,
我与家人故里行。
数径野菊欲落泪,
成行古柏亦伤情。
回寒未减追思绪,
乍暖频催归路程。
欣看瘟神已远去,
方烧冥纸诉心声。

2020.4.2

清明祭祖

疫情缓解过清明,
祭祖寻亲故里行。
陌上新兰烟泣露,
坟前古柏云哀筝。
回寒因雨追思苦,
阔暖借风归路平。
死别生离自古有,
杏花问酒牧童声。

2020.4.4

援鄂医护人员凯旋感吟

春暮方迎疫尽消,
山河楚地幸安康。
百天万众斗魔苦,
十万白衣救死伤。
黄鹤远飞三镇寂,
龟蛇孤锁大江长。
降妖终获通衢日,
乘兴凯旋返故乡。

2020.4.10

援鄂医护凯旋别江城有感

黄鹤楼前黄鹤飞,
白衣埠外白衣归。
二江战役毒魔去,
三镇繁荣商贾回。
鹦鹉洲头送壮士,
龟蛇山顶留光辉。
长江滚浪自千古,
青史芳名当永垂。

2020.4.12

礼 花 赞

如花绽放半空中,
色彩斑斓似彩虹。
注定献身何所惧,
昙华①一现亦英雄。

2020.4.16

①昙华,是昙花的别称。

翁 吟 曲

百鸟争鸣光破晓,
朝阳烘暖金铺茵。
依窗眺望景色怡,
出户行吟气象新。
邻里仁德无远近,
社区博爱有亲人。
当歌逸兴晚年乐,
日暮落红仍是春。

2020.4.23

初　　夏

芳菲落尽已成尘,
布谷声中夏景新。
杨柳吹棉白似雪,
石榴吐火红如云。
箨龙已过头番笋,
木笔才铺第一茵。
嫩叶轻荫随处好,
何愁粉艳不归春。

2020.4.23

疫后巢湖游闲吟

雨过风来乘快艇,
毒消疫散乐闲人。
不堪雨苦迎晴日,
休怪浪高送晚春。
鱼跃湖中展技艺,
鸥飞水面显精神。
暮春初夏风光好,
咏叹抒怀万物新。

2020.4.24

鸟鸣报疫消

何鸟临窗拂晓鸣？
莫非圣女诉怨情。
今春受尽瘟神苦，
初夏来临疫远行。

2020.5.2

国色花香

春暮夏初花正香，
多姿各异更芬芳。
装扮华夏山河色，
国泰民安万代昌。

2020.5.2

榴月感吟

火红榴月百花香,
绿叶遮阳可避光。
霞满平湖呈旖旎,
樽闲少酒利身康。
几多雨润草欢长,
一缕云娇鸥远扬。
岁晚但求心态好,
神怡夏日乐乘凉。

2020.5.10

红五月闲吟

火红五月榴花香,
艳艳可人叶碧光。
轻履平湖知足健,
浅尝杯酒幸身康。
几番雨落绿加重,
弹指天明光愈强。
莫怪夏来暑热苦,
心怡处处享轻凉。

2020.5.12

山居感吟

山村野寺沐朝霞，
莫管清溪出断崖。
涧水涓涓流不尽，
闲时约友看榴花。

2020.5.24

心　　声

蜀山暮雨洗芳尘，
久旱林间顿感清。
老友相邀欢聚首，
亭边避雨吐心声。

2020.5.25

乡　忆

每想家乡山水湾，
五颜六色注其间。
相思未了旧时景，
梦醒翻开往事篇。

2020．5．27

人生感吟

世事如云梦幻歌,
闲时感慨汇成河。
年轻困苦心萦少,
鬓衰甘甜神畅多。
花绽闲春增色彩,
诗成酷夏在琢磨。
人生旅路行将尽,
唯有青山是我窝。

2020.5.30

人生回望

往事如烟岁似梭，
人生短暂少蹉跎。
青春感慨几番苦，
白首逍遥一曲歌。
戎马生涯常记忆，
乌纱旧帽不琢磨。
归途渺渺诗书里，
陋室区区安乐窝。

2020.5.31

贺 六 一

旭日东升霞满天,
苍山滴翠沐云烟。
英雄自古出年少,
励志儿男重任肩。

2020.6.1

六一感怀

几多兴奋夜难眠,
从小争先当队员。
三杠队章别臂上,
偶尔领头宣誓言。
红巾引领求学路,
火炬燃烧意志坚。
岁月如梭心未老,
翻开记忆想童年。

2020.6.1

儿童节抒怀

儿童节到忆童年,
小小队员处处先。
三杠队章别臂上,
十分得意扬眉间。
青麻鞋破勤家务,
红领巾飘亮校园。
从此童心怀大志,
学成报国自当前。

2020. 6. 1

夜　　望

华灯初放映苍山，
月色朦胧入眼帘。
闲到湖边观夜景，
忽瞧水底月如盘。

2020.6.6

晨　　声

东方欲晓天将明，
鸟叫虫鸣地籁音。
唤醒贫翁晨早起，
轻盈快步湖边行。

2020.6.7

雨路行车感吟

暴雨倾盆天地暗,
云浓雾重行车难。
崎岖雨路终将尽,
一抹艳阳伴我欢。

2020.6.13

参观高炉酒厂感吟

一度流行添锦花,
庐城最爱高炉家。
三朋四友偶相聚,
小饮几杯竖指夸。

2020.6.13

老 乐 吟

人近黄昏万事休，
健康千万不能丢。
荣华富贵皆浮云，
自在逍遥度晚秋。

2020.6.20

忆慈父

陇亩躬耕不厌烦，
心灵手巧绣农田。
汗珠甩出粮千担，
手茧换来菜百鲜。
乡邻盛赞微微笑，
子女齐夸默默欢。
驾鹤西游四十载，
音容常现梦魂间。

2020.6.21

感悟人生

奋斗少年志始终,
怀揣梦想心从容。
书山有路勤为径,
学海无涯苦愈聪。
大爱情怀事竟成,
无私奉献热情浓。
如烟往事千般味,
百岁人生一霎风。

2020.6.28

人生感吟

发愤少年志满胸,
怀揣梦想心从容。
书山径远攀夷险,
学海波长泛始终。
有爱方知天地暖,
无私遑论是非公。
清风往事千般味,
不悔何求百岁松。

2020.6.29

建党感吟

昔日中华遇列强,
山河破碎民遭殃。
共产主义传真理,
嘉兴南湖建党忙。
刀刃劈开黑暗路,
锤头冲破旧朝纲。
历经风雨开天地,
驱散乌云迎太阳。

2020.7.1

七一感吟

华夏百年遭列强,
山河破碎风雨狂。
南湖赤船传真理,
遵义明灯引领航。
斧刃劈开旧世界,
镰刀裁就新朝纲。
若无我党初心在,
哪得人民爱戴长?

2020.7.1

小　　暑

绵绵梅雨丝丝凉,
小暑初晴热渐长。
绿树鸣蝉时入耳,
灰檐雨燕久萦梁。
夜眠清梦三更乱,
晨步闲庭一院香。
觅得荷花聊自慰,
蜻蜓伴舞送夕阳。

2020.7.6

夏日赏荷

远望山川翠,
近闻知了鸣。
野塘涨绿水,
闲步岸边行。
酷热喜清风,
清凉依静宁。
夏荷花色好,
欣赏愉心情。

2020.7.8

访荷感吟

锦扇相依绿,
香盘独抱红。
低昂知细雨,
摇曳得轻风。
玉鹭立蘋藻,
金蝉鸣树丛。
野塘新景色,
尽入画屏中。

2020.7.8

战 友 情

战友相邀作远游，
登山临水乐悠悠。
人如秋雁常传信，
事似春莺不语愁。
野老黄尘一路洒，
顽童粉面千杯收。
老来难得健康在，
直把余年归自由。

2020.7.12

忆 战 友

战友分别几十秋,
音容笑貌脑中留。
时翻旧照常怀念,
微信群中可解忧。

2020.7.12

知足心宽

世事炎凉心莫寒,
知足定可得心宽。
人生如有几知己,
甘愿清贫也坦然。

2020.7.13

苦夏闲吟

雨润山川草色新，
云遮丽日气澄清。
身临苦夏热难耐，
心静卧床听鸟鸣。

2020.7.18

心态闲吟

世态炎凉心莫凉,
小荷一侧安胡床①。
蜻蜓展翼轻如梦,
自在吻花自在香。

2020.7.19

①胡床,指一种可折叠的轻便坐具。

庐城暴雨感吟

其一

一天暴雨路汪洋,
可叹家家海景房。
眺望汽车如小船,
星星点点水中央。

其二

风催暴雨暗庐城,
电掣惊雷动地声。
满目汪洋随海去,
一湖无奈百车停。

其三

庐城入暑难,
暴雨接连绵。
碧叶遭辛苦,

红楼自管弦。
不知农事紧,
仓储何心悬。
古井多丰酒,
消愁斗几千?

其四

风雨敲窗忧泽国,
城池漫水似汪洋。
虽凉仍感湿潮闷,
两月有余难见阳。

其五

狂风暴雨聚庐城,
电闪雷鸣难出行。
一片汪洋如大海,
宅屋卧床忧雨声。

2020.7.19

荷塘感赋

野塘碧水沐朝阳，
小暑莲开淡淡香。
夜雨亲荷听落玉，
金蝉鸣树享晨光。
今朝两鬓似霜染，
去日风华勿自伤。
笑对人生莫后悔，
神闲气定著华章。

2020.7.24

荷塘闲吟

野塘水碧沐朝阳,
初暑莲开流淡香。
夜雨荷亲听落玉,
晨光树静穿明璜。
蛙声几缕迎人驻,
鹭影双魂待月藏。
自是恬然新世界,
不由情动寻华章。

2020.7.25

雨后观荷

梅雨连绵两月休,
迎来艳阳湖边游。
野塘少见蜻蜓影,
唯有荷花满眼收。

2020.7.26

闲　　吟
——试和友伦战友七律《闲愁》

月圆十五星灿烂,
银汉华灯伴枕眠。
往事烟云无奈去,
今朝岁月有情阑。
杯中酒满尽心意,
院角花开展笑颜。
老友相逢神倍爽,
青丝霜发忆流年。

2020.8.7

试和德福贤弟七绝《咏故乡美景》

龙河水库浪涛翻,
雾盖云游山水间。
敢问蓬莱何处有?
舒城无处不神山。

2020.8.10

诗意人生

人生一路写成诗,
万苦千辛只自知。
仄仄平平吟锦句,
年年月月展新姿。

2020.8.15

浅　秋

初秋新画染金黄，
旭日霞光耀四方。
访友探亲寻记忆，
跋山涉水赏秋光。
荷香四溢沁心暖，
蝉韵悠扬纳夜凉。
暑过天凉温渐退，
劝君早晚添衣裳。

2020．8．18

巢湖荡舟感吟

放眼巢湖轻荡舟,
浪涛涌动暗波流。
岸边芦苇亭亭立,
船上秋风阵阵悠。
春疫①夏洪史少见,
鼠年庚子民多愁。
瘟风淫雨终飘去,
岁月如诗歌在喉。

2020.9.1

①春疫,指今春新冠肺炎;夏洪,指今夏洪涝灾害。

鼠年秋游抒怀

扬起风帆慢荡舟,
大湖深处试波流。
周边芦苇霜飞晚,
傍岸荷花冷欲秋。
疫祸虽除还有恨,
洪灾刚过尚余愁。
民生要事知多少?
一棹一歌问鹭鸥。

2020.9.6

白　露

白露来临早晚寒，
蝉鸣渐少静心田。
秋风已到邀明月，
对酒当歌好入眠。

2020.9.7

金　秋

青荷欲败暗香留，
野草枯黄硕果收。
又是一年霜露起，
桂花绽放醉清秋。

2020.9.7

村　　游

夕照山峰一点红，
叶黄露染已知秋。
清风送爽感凉意，
明月伴君村里游。

2020.9.7

秋游黄山有感

群山翠盖万千重，
雾锁多姿迎客松。
欲上高台观日落，
云烟似海染霞红。

2020.9.9

暮游黄山虎林园

日暮身临猛虎园，
天清云淡彩霞天。
登高望远心开阔，
漫步行吟山水间。

2020.9.9

秋到黄山抒怀

九月菊花初怒放,
红黄白紫吐芬芳。
茗茶细品心尤爽,
好酒浅尝口更香。
秋到黄山景如画,
人来厚海诗成行。
旅途虽累情高涨,
此地神安似故乡。

2020.9.10

秋日黄山游抒怀（外一首）

其一

秋到名山看菊黄，
坦途绝壁皆芬芳。
清茶细品犹多味，
老酒徐添更有香。
翠叶迎风花万片，
琼枝照水玉千行。
陶公若得还今世，
怎肯妄言恋故乡。

其二

双九登高看菊黄，
名山无处不芬芳。
康熙往日曾徒步，
足迹于今尚溢香。
翠叶迎风花落片，

青天过雁字成行。
芳华心远遍天下，
只把他乡作故乡。

2020.9.10

我爱我家

靓丽合肥是我家，
一年四季美如花。
无穷魅力惹人爱，
心似朝阳恋晚霞。

2020.9.22

江城子·感秋

秋声入耳桂花香。
晚风凉,月星光。
夜半无眠,
静坐读文章。
忽有琴音窗外入,
情难尽,曲悠扬。
年年秋色恋骄阳,
叶飘零,雁成行。
岁岁留痕,
白发胜如霜。
老朽心宽诗有意,
夕阳美,盼身康!

2020.9.28

鼠年中秋感吟

桂树婆娑盘玉升,
云间天籁静无声。
中秋国庆相逢喜,
华夏城乡灯火明。
夜半更深诗酒兴,
清秋明月闲身轻。
鼠年心愿人长久,
无病无灾天地宁。

2020. 10. 1

山村秋收

眺望山村一片秋,
桂香十里绕村游。
老夫喜看丰收果,
奔向田头助抢收。

2020. 10. 3

山村秋行

峰峦隐翠柏,
烟雨润青松。
丹桂飘香气,
秋菊绽艳容。
浮屠①依岭静,
竹籁入心空。
秋色山村里,
抬头看雁鸿。

2020.10.3

①浮屠,即佛寺。

晚　　晴

风吹湖水千层浪，
雨润山川绿草茵。
岁月如梭轮替换，
不老光阴重晚晴。

2020.10.4

人生偶得

人生长与短,
生死呼吸间。
顺逆由天定,
坦然心里安。
追求到老善,
名利甩一边。
生前施广爱,
身后功德圆。

2020.10.5

老年闲吟

胸有诗书亦有才,
身无疾病也无灾。
顺风顺水老年乐,
有友有亲人不呆。

2020.10.6

秋　　收

金黄稻穗染清秋,
遥望田园五谷稠。
难忘耕耘苦与累,
满仓谷物喜心头。

2020.10.7

参访秦森园林公司感吟

金秋十月沪城行,
老友新朋隆重迎。
秦酒三巡刚尽兴,
吟诗作赋吐心声。

2020. 10. 11

上海访友闲吟

秋风送我到申城，
丹桂香时战友迎。
黄浦江边留足迹，
南京路上吐心声。
高原雪域同甘苦，
闹市云林听雀鸣。
老后清闲散淡处，
常怀浪漫戍疆情。

2020.10.13

久别重逢感吟

战友一别四十春,
朝思暮想梦中萦。
当年雪域高原苦,
今岁都城车马鸣。
黄浦有情恋两岸,
巢湖无语听涛声。
相逢恨晚忆前事,
难忘曾经卫国情。

2020.10.14

致敬王仁和米线

仁和米线领风骚,
绿色安全标准高。
拒绝添加[①]重信誉,
放心食用乐陶陶。

2020.10.16

①添加:指添加剂。

冷　秋

暮秋细雨野苍茫，
云雾漫山落叶黄。
晨起闲行身感冷，
即时回返添衣裳。

2020.10.17

霜降抒怀

雾压尘埃刺骨凉,
秋深草木夜凝霜。
莫嫌繁忙春秋短,
休厌困慵冬夏长。
桂子犹开一树艳,
菊花更放满园香。
抬头忽见南飞雁,
霜降来临种麦忙。

2020. 10. 23

重阳登山闲吟

重九来临秋暮时,
年高好比久枯枝。
登高方解心头闷,
望远何愁到老痴。

2020.10.25

贺安徽女企业家商会成立

巾帼英雄顶半天,
婵娟荟萃庐城边。
文能教子育贤圣,
武可经商闯险关。
玉指扬帆商海阔,
芳心敬业财源绵。
齐心协力豪情壮,
携手并肩谱巨篇。

2020.10.30

落叶吟

魂牵枯树难分离,
临界秋冬心更依。
霜露无情惩罚我,
寒风一阵奔东西。

2020.11.12

江城子·吟秋

秋风阵阵渐觉凉,
桂花香,汉河长。
夜久无眠,
闲坐读文章。
忽有琴声飘入耳,
情饱满,曲悠扬。

起身感动立明窗,
月朗朗,雁行行。
清影徘徊,
断续下回廊。
寻我诗心千万字,
搔皓首,望衡阳。

2020.11.12

后记

诗言志，歌咏情。

我这个人忙碌了一辈子，虽未取得大的成就，但始终有一颗不泯的诗心。无论是在雪域高原、北国边疆服现役，还是在军事院校学习、工作，无论是转业到地方经济主管部门和政府工作，还是退休赋闲在家，总有作诗的冲动。但退休前鉴于工作忙碌，虽常有诗兴，终未成篇。

退休后，时间充裕，心也安静，我才有学写诗词的条件。格律诗是中华民族优秀传统文化的组成部分，拥有积淀了几千年的文化底蕴，借助深厚的文化土壤，它的音韵、平仄、对偶等技法，无不体现出美感和韵味。有鉴于此，我努力学习律诗基础知识，读唐宋名家诗词著作，并向诗友虚心请教，甘当学生，不耻下问，辅之以创作练习。

初涉诗海，有如初生牛犊，颇有全然不顾之势。

凭着一颗热爱诗词之心，满腔热情，触景生情，有感而发，恨不得把我记事以来的成长历程、生活感悟、人生回味、社会观感、山河行吟中的点点滴滴，统统以诗歌形式记录下来，留作纪念。

"衣带渐宽终不悔，为伊消得人憔悴。"为学写诗，我减少了应酬，放弃了休息，整天沉浸在诗海里。功夫不负有心人，几年的努力终有一些回报。拙作虽登不了大雅之堂，但与初写时相比有了一点进步。本来只想写写玩玩而已，但近些年很多朋友鼓励我结集出版，由此，我才萌发了出版诗集的念头。

这本诗集出版在一个特殊的年份。2020年，新冠病毒突发，肆虐全球，看到举国上下众志成城、同心抗疫的情景，我深受感动，也触动了我的诗兴。于是，在抗疫期间，我即兴创作了近40首诗歌，也算对全民抗疫的一个记录。

这本诗集的出版，得到了诸多领导、诗友和家人的热情支持和鼓励。值此，一并表示真诚的感谢！

王家富

2020年11月15日于天鹅湖畔